캥거루의 밤

초판인쇄   2014년 9월 23일
초판발행   2014년 9월 30일

지은이   김성춘 강봉덕 권기만 권영해 권주열
            김익경 윤향미 이원복 정창준
펴낸이   김진수
펴낸곳   사문난적
출판등록   2008년 2월 29일 제313-2008-00041호
주 소   서울시 강서구 염창동 268번지
전 화   02-324-5342
팩 스   02-324-5388

ISBN   978-89-94122-37-3

※이 책은 울산광역시로부터 문예진흥기금 일부를 지원받아 제작되었습니다.

〈수요시 포럼〉 동인 11집

캥거루의 밤

김성춘 강봉덕 권기만
권영해 권주열 김익경
윤향미 이원복 정창준
지음

사문난적

목차

바다에 관한 시적 인식과 기하학적 인식

허만하

1.

프랑스의 철학자 미셀 세르(Michel Serres, 1839-   )는 그의 저서
『생성-개념을 넘는 시도』(원제 Genese, Gasse,1993)를 뜻밖에 다음과
같이 시작한다.

지금 이곳에 연쇄連鎖가 있다. 비어있는 바다─물결과 너울의
요동과 갈라짐과 반복 그리고 리듬 또 박자와 소용돌이─이 연
쇄는 끊어진다. 어느 점에서도 끊어진다.─이 연쇄의 특징은 부
서지기 쉽고 불안정한데 있다.

허만하
_____
1957년《문학예술》추천으로 등단, 시집으로《해조》《비는 수직으로 서서 죽는다》《물은
목마름 쪽으로 흐른다》《야생의 꽃》《바다의 성분》《시의 계절은 겨울이다》가 있다. 시
선집《허만하 시선집》과 시론집《시의 근원을 찾아서》를 펴냈다. 상화시인상, 박용래문
학상, 한국시협상, 이산문학상, 청마문학상, 육사시문학상, 목월문학상, 대한민국예술상
등을 수상했다.

라이프니츠 철학(모나돌로지)의 깊은 영향 아래 독자적인 자기 철학을 형성한 세르는 인문학과 자연과학 두 영역에 걸친 넓고 깊은 조예로 이름 높은 과학철학자로, 콜레즈 드 프랑스, 미국 스탠포드 등에서 교편을 잡았으며; 바슐라르를 비판적으로 계승한 독자적인 철학으로 그 지명도가 높다. 철학저서의 시작으로는 범상한, 바다에 관한 세르의 이 글은 바다에 관한 인간 인식의 다양성을 떠올려준다. 발레리는 투명한 무한과 생동하는 무한- 두 무한의 만남을 쫓아가서 그 공간에 흡수되어 돌아오지 않는 주체의 눈길을 말한다. 그의 「바다를 향한 눈길」(1930)은 유명한 에세이다. 그 짧지 않는 에세이는 다음과 같이 시작한다.

〈하늘〉과 〈바다〉는 한정 없이 어디까지라도 넓어져가는 눈길에 대하여 끊을래야 끊을 수 없는 존재다. 얼핏 바라보면, 가장 단순하고, 자유롭고, 끝이 없는 일체성을 가진 그 넓이 전체 안에서, 마음대로 모습을 바꾸고 있는 하늘과 바다.

바닷가에서, 모처럼 한가한 시간을 얻어, 바다를 앞에 두었을 때, 우리들 안에서 태어나는 것을 읽어내려면, 다시 말해서 입술에 소금을 느끼고, 물결의 수런거림과 부서지는 소리를 즐기기도 하고, 얻어맞기도 하면서, 이 전능의 존재에 답하려 할 때, 우리들은 가지가지 생각의 밑그림과, 조각난 시와, 행동에 대한 환상, 또는 희망과 위협의 다양성을 자기 안에서 발견한다. 그

것들은 몸을 맡기고 몸을 지키는 이 광대함, 인간의 기획을 표면에서는 받아드리고, 깊이에서는 주눅이 들게 하는 이 광대함으로 살아난 속내와 마구 흔들어진 이미지의 난잡하게 뒤섞인 전체이다. - 발레리 「바다를 향한 눈길」(1930) -

2.
하이데거의 사색이 종국에 도달한 〈사방세계〉 Geviert 사상에 영향을 끼쳤을 가능성이 심심찮게 논의되기도 하는 횔덜린의 송가 초안 「그리스」의 제3고는 다음과 같이 시작하고 있다. 제 2고 에서 볼 수 없는 시행이다.

자연이라는 것은 이미 오래도록
공부해야 할 책의 페이지처럼, 또는 선線과 각角처럼 펼쳐져 있
기 때문이다.

횔덜린의 이 시 구절은 유럽인이 자연에 대하는 의식의 저변에 숨어 있는 기하학적 정신을 나타내는 것으로 나는 읽는다.
1979년 초여름 어느 하루 나는 암스테르담의 한 호텔 객실 창가에 서서 멀리 보이는 바다를 바라보며 그날의 감격과 피로를 달래고 있었다. 저녁 9시 30분을 지난 시간인데도 바깥은 환했었다. 도심지까지 파고들어와 있는 운하에 백조가 헤엄치고 있던 차분한 도시의 거리를 걸으며 나는 고흐와 스피노자의 발자국을 생각했었다.

영국에서 독일로 직행하는 일정을 바꾸어 일부러 암스테르담에 들렀던 것은 고흐 미술관을 찾아보고 또, 스피노자가 태어나고 자란, 네덜란드의 이 도시 공기를 마셔 보고 싶어서였다. 나는 월간 『문학예술』추천을 마친 1957년 12월호 〈당선소감〉(「현미경」이란 제목을 부쳤었다) 끝 구절을 스피노자의 『에티카』끝 구절 Sed, Omnia praclaratam difficilia, quam rara sunt(모든 고귀한 것은 드물고 어려운 것이다)를 라틴어 그대로 인용한 객기에 대한 빚을 느끼고 있었던 것이다.

의대를 졸업하던 그 해, 나는 바로 병리학의 바다와 시의 바다라는, 서로 다른 두 바다 앞에 서게 되었었다. 그때의 떨림이 외람되게도 스피노자의 혼이 배어 있는 『에티카』의 끝 구절을 인용하게 했던 것이다. 돌이켜 보면, 평생을 고독하게 렌즈를 다듬으며 지냈던 그의 생애와 내가 조석으로 쓰던 현미경의 렌즈가 암호처럼 그늘에서 부합하기도 했을지 모른다. 젊은 나는 원리를 달리하는 두 세계 앞에서 예감처럼 어려움의 미래를 느끼고, 나도 몰래 몸이 떨리는 것을 느꼈었다. 그럴 때 스피노자의 이 말을 주문처럼 외우며, 위로와 격려를 느꼈던 것이다.

생전에 출간하지 못했던 스피노자의 『에티카』는 그가 세상을 떠난(2월 22일, 44세) 1677년이 저물 무렵 벗들에 의하여 세상의 빛을 보게 된 저작이다. 나는 이 저서의 〈기하학적 질서〉에 의한 서술방식에 놀랬었다. 정의 · 공리 · 요청이란 틀을 따르는 그의 질서정연한 연역 끝에 얻게 되는 결론은 그의 진리탐구방법이 수학적 확실성과 명징성을 존중하는 자세를 여실히 보여주는 것으로, 고귀하고도 귀한 것으로 나에게 다가 왔던 것이다. 〈추상〉이란 개념을 처음 만들고 그것을 활용하여 〈논리학〉을 창시한 아리스토텔레스가 겪었던 어려움을 그의 저술 표현은 보여주고 있는 것이다. 발레리가 한동안 수학연구에 집중했던 것은 그의 세계인식과 시적 표현의 명징성을 위한 수련이 아니었을까.

3.

과연 휠덜린이 생각했던 대로. 선과 각으로 이루어지는 구도로 바다를 읽을 수 있을까. 나는 의예과 시절 대학신문(또는 대구 일간지의 어느 한 쪽)에 실었다고 기억하는 한 수필에서 자연은 곡선을 만들고 인간은 직선을 만든다고 말한 적이 있다. 나의 「저녁 노을 식탁」(『시의계절은 겨울이다』, 2013-2014)에는 그때의 생각이 부끄럽게도 산문처럼 생경하게 드러나 있다. 그러면 바다는 어떤 선분線分이 지배하고 있을까. 바다에서 보는 것은 직선, 곡선 개념을 멀리 초월한 운동과 순환성이다. 물결의 되풀이는 단정하고 정적인 유클리드 기하학과는 벌써 무관한 것이다.

그러나 이런 자연현상에 접근 하는 기하학이 있다는 사실을 알고 나는 인간의 창조정신의 무한에 놀라지 않을 수 없었다. 유클리드 기하학이 다루는 형태는 단순하고 규칙적이지만, 실재로 자연계에 존재하는 형태는 해안선, 산맥의 능선, 나무처럼 극히 불규칙하고 단편적이다. 그리고 역동적이다. 해안선의 길이는 측정 가능

할 듯 보이지만 사실은 비뚤어지고 휘어져 있어서 그 길이재기는 쉬운 작업이 아니다. 이와 같은 자연에 실재하는 형태(윤곽)를 올바르게 파악하기 위해서는 지금까지의 개념으로는 불가능하다. 〈감정의 분별 없는 투자〉(김기림의 이상론)로 생의 본질에 육박하지 못하는 것과 같다.

실제로 프랙털 기하학을 창시한 만델브로(Benoit Mandelbrot(1924 폴란드-1010 미국)의 첫 논문은 영국의 라식스 해안의 길이에 대한 것이었다. 만델브로의 눈은 자연계에 존재하는 구름, 목쉰 칼바람 소리를 젓고 있는 잎진 나뭇가지 모양, 강줄기 모양같이 질서 없는 혼돈으로 보이는 대상이, 사실은 〈자기동일성self-similarity)이란 질서를 가진 것을 밝혀내고, 이 바탕 위에서, 그의 프랙털 기하학을 창시한 것이다. 이 분야에 대해서 거의 눈이 먼 나는 그 해설서 도입부에서 몇 가지 흥미 있는 성명을 읽을 수 있었다. 바다를 포함하는 자연을 만나보는데 도움이 될 것 같아 열심히 읽었다.

종래의 차원 개념은 선이 1차원, 면이 2차원, 공간이 3차원으로, 차원의 수가 정수整數에 한정되어 있었다. 이러한 차원의 개념에 변화가 생긴 것은 19세기 후반에 칸토르(G.Cantor, 1845-1918)와 페아노(G.Peano, 1858-1932)에 의해서다. 페아노(Gussepe Peano)는 페아노 곡선으로 유명하다. 그것은 선을 일정한 규칙에 따라 굽히는 조작을 무한번 되풀이한 극한으로 생기는 곡선으로, 부피가 없는 선이 면을 메우는 놀라운 성질을 가지는 것으로 주목되었다. 부피가 없는 선으로 면을 메우는 마법이 수학계에서 발생했던 것이다. 페아노곡선에 이어 코호 곡선(1904 Koch)이 발견되었다.

이런 바탕 위에서. 70년대에 만델브로에 의한 프랙탈 기하학이 확립되어 재래의 수학이 다룰 수 없었던 해안선 같은 도형을 정량적으로 엄밀히 다루는 길이 열렸다는 것이다. 프랙탈 기하학에서는 종래의 토폴로지칼한 차원에 맞서서 프랙탈 차원의 개념을 내세웠는바, 그것은 선이나 면을 나타내는 것이 아니고, 선의 불규칙성, 휘어짐과 넓어짐의 정도를 나타내며 정수 이외의 값을 취할 수 있다 한다. 과학에 있어서나 시에 있어서나. 새로움은 기성의 코드를 넘어선 곳에서 기다리고 있는 것이다.

프랙탈 기하학은 수학의 적용 범위를 현저하게 확장하였다. 순수 과학의 영역에 직관과 사유(무한)가 들어서서, 인간의 지적 우주에 새로운 영역을 만들어낸 것이다. 이런 창조를 알고 나는 공연히 즐거웠다. 나는 그 절차에서 시적 분위기를 느꼈었다. 바다를 앞에 두고, 물결의 수런거림과 부서지는 소리를 들으며 물결의 시적 · 철학적 의미를 생각하기도 하지만, 사람들은 또 해안선에 부합하는 새로운 수학을 만들어 내기도 한 것이다. 예술과 이론이 자기 혁신력을 잃고 싱싱한 창조성에서 멀어져 있는 태만에 안주하고 있을 때, 인간의 정신 활동 영역에 이런 모험적 도전이 이루어지고 있었다는 사실은 나에게 큰 자극과 위안이 되었었다. 횔덜린이 말했던, 선과 각으로 자연을 읽는 접근은 발레리에서도 볼 수 있는 방식이다.

발레리는 그의 「말라르메의 『주사위 한번 던짐』」에서 다음과 같이 말하고 있다.

그는 면面적인 읽기를 도입하여, 그것을 선線적인 읽기에 이어 붙인다. 그것은 문학의 영역에 제2의 차원을 더하는 일이 된다.

말라르메가 문학이 아닌 수학의 영역에서 일했다면 프랙탈 기하학을 창시했을지 모른다는 생각이 들게 하는 참신한 접근이다. 다시 그는 말라르메가 수학적 원리를 활용하여 시에 질서를 부여하여 시를 우주 구조의 시뮬라르크가 되도록 노력했다는 사실을 이야기한다.

발레리의 「바다의 묘지」는 당연이 그의 대표작이다. 이 작품이 『비기』를 완성한 뮈조트 시절의 릴케의 시에 대한 눈을 다시 뜨게 하고, 그의 프랑스어 시 쓰기를 유도했던 것은 알아 둘만한 사실이다.(시론 「릴케의 장미와 무를 향한 그 변신」『시와 사상』2014 겨울호). 말라르메는 바다의 흰 물결 앞에서 순결한 백지(table rasa)를 생각하고 한동안 괴로워했던 것은 잘 알려져 있지 않는 사실이다.(미발표 시론 「말라르메의 한 권의〈책〉과 사르트르.」)

4.

다빈치는 바다 물결 모습을 연구하기 위하여 그의 두 번째 플로렌스 시절인 1503년 전반의 며칠을 피옴비노(piombino) 바닷가에서 지난 적이 있다. 나는 그런 다빈치의 예술적 · 학문적 정열 앞에 고개를 숙인다. 그런 다빈치는 다른 한편 정신의 경직성을 벗어나기 위해서, 구름과 물을 관찰하고 묘사하기를 권하고 있다. 나는 그런 다빈치의 정신을 떠올리며 바닷가를 찾는다. 바다 밑바닥 경사가 급할 때의 물결은 두루마리 종이처럼 휘말리는 모습을 보이는 데 반해서, 바다 밑 경사가 급하지 않을 때의 물결은 기슭에 가까워질수록 그 속도가 느려져 꼭지에서 무너지는 모습을 보인다. 뒤에서 밀려드는 물결에 추월당하기 때문이다. 물결 형태에 관한 이런 부끄러운 수준의 상식을 가지고 나는 바닷가를 찾는 것이다. 울산 정자 앞바다는 밀려드는 물결 모양으로 보아, 이 두 가지 극단의 표현 중간쯤 되는 듯했다. 물결은 당연히 '물 때' (조금과 사리)의 지배를 받지만, 그 형태 없음 또는 다양한 모습 안에서도 모텔이 될만한 형태를 과학정신은 살핀다.

　나는 바다 물빛에 대해서 관심이 있으나 언제나 물빛 앞에서 절망하고 만다. 언어의 무능 또 한계를 느끼는 것이다. 통영 태생으로 통영에서 숨진 화가 전혁림은 다음과 같은 글을 남기고 있다.

코발트 블루를 정확하게 말하자면 쪽빛 한술에 청색 잉크를 한 방울 떨어뜨리면 일어나는 번짐의 가장자리 색이라고 표현 할 수 있다. 김 시백詩伯은 블루를 무척 좋아했다.-「시인 김춘수 선생을 기리며」 2005년

이 말에 묶여서 그런지 생천의 김춘수 시인은 대강 '푸른' 바다로 바다 물빛을 단순하게 정리하고 있다. 나는 다시 바다 앞에 선다. 바다는 인류의 양수羊水다. 나는 졸시 「바다의 성분」에서 그런 말을 했다. 그 양수는 갯내(바다 냄새)란 특이한 냄새를 가진다. 이 갯내라는 말을 김춘수는 서슴없이 쓴다.

"이 알알의 모래알의 짜디짠 갯내를 뼈에 새기며 뼈에 새기며 나는 가자."(서시). 낯설은 새들이 울음 울며는/은행나무 잎사귀선 짜디짠 갯내가 코를 찔렀다.(언덕에서).

어린 시절과 젊은 시절의 김춘수의 감성에 스며든 이 바다 냄새는 바다에 사는 1) 편평동물 체내의 유황과 2) 해조가 가지는 옥화물沃化物과 3) 바위 위에서 마르는 소금냄새가 섞인 혼합이다. 물 자체(증류수)는 냄새를 가지지 않지 않는다. 그러나 사물은 이따금 냄새로 자기를 표현한다. 어떤 골목 추억이 무연탄냄새에 이어지는 것처럼, 남포동의 한 구역은 싱싱한 비린내로 자기를 표현한다. 남해 보리암 가는 숲길의 한 토막은 강렬한 송진 냄새를 풍기고, 비도 냄새를 가지고, 바다도 냄새를 가진다. 시도 예외가 아니다.
언어와 세계와의 교류는 언어 그 자체가 가지는 물질성을 드러낸다. 그 물질성은-의미의 질감, 촉감(부드러움과 딱딱함), 냄새, 맛, 소리의 울림, 무게와 두께, 농도-라는 성질에 이른다. 세계에 대한 시적 인식에 성공한 시작품은 언어와 세계의 육감적인 밀착을 보인다. 나

는 그런 밀착을 구자운의「벌거숭이 바다」에서 본다. 밀물처럼 밀려
드는 불우와 고독의 극한에서 그는 언어와 밀착할 수밖에 없었는지
모른다. 한국 시의 역사에서 빛나는 한편을 낳고 말았던 것이다.

비가 생산비늘처럼 얼룩진다/ 벌거숭이바다//괴로운 이의 어
둠. 劇藥의 어둠/ 물결을 밀어보내는 침묵의 배/ 슬픔을 생각키
위해 닫힌 눈 하늘 속에/ 여럿으로부터 떨어져져 섬은 멈춰선다//
[이하 생략.]

두서너 해 전, 시단에서 모르고 있는 그의 시·산문을 찾아내어
『現代詩學』에「시인 具磁雲의 50연대-「벌거숭이 바다」와 새로 찾
은 다른 작품들〉이란 시론을 권두에 발표한 적이 있다. 행여 오늘
의 이 논의에 참고가 될지 모르겠다.
언어가 다른 것과 결합하여 선명한 의미를 분비할 때, 그 결합의
정치하고도 견고한 이음새는 언어의 결정체로서의 물질성을 생각
나게 하기 마련이다. 수분의 증발 뒤에 남는 언어의 결정체는 방순
한 술의 양조처럼 가슴과 머리 안에서 시간과 싸운다.

5.
그러나, 문제는 바닷바람이다. 갯내는 바닷바람에 밀착해 있다.
1907년 릴케는 얼마동안 이탈리아 남쪽 끝 가프리섬에 머문 적이
있다. 그는 이 섬에서 태고의 넓이로 가득 차 있는 바다와 그리스

적인 풍경을 만난다. 그런 봄을 그는 아내 클라라에게 편지로 알린
다. 이때 쓴 「봄바람」의 첫 구절은 "이 바람과 함께 운명이 온다"
이다. 이 시 구절이 예언처럼 릴케의 운명을 바꾼 것은 1912년 한
겨울(1월 21일), 이탈리아의 아드리아 바닷가 두이노의 암벽에 부
딪히던 바닷바람이었다. 그 바람은 겨울이면 살아나는 아드리아
바다 특유의 북풍이었다. 릴케는 밤의 절벽에 몸을 던지던 바람소
리에서 천사의 목소리를 들었던 것이다. 운명이었다. 바닷가에서
절벽 위 성관 방으로 돌아가던 비탈길 2백ft. 높이 지점에서였다.
"내가 울부짖은들 천사들 반열가운데의/ 그 누가 그것을 들으랴?"
의문문으로 시작하는 그의 『제1 비가』 첫줄에서 천사는 그렇게 모
습을 드러낸다.
　이 〈제1 비가〉 중간쯤에 뜻밖에 물결이 모습을 드러낸다. 그것
은 시간의 물결이다.

　그렇다, 연연세세 봄은 당신을 필요로 했었다.
　수많은 별들은 당신이 느껴주기를 기다렸었다. 과거 가운데서
　한 물결이 솟구쳐 밀려든 것이다. 때로는 또〔─〕

　이 물결은 그의 『말테의 수기』를 떠올려 준다. 추억이 우리들 피
가 되고 눈길이 되고 표정이 되어 이름도 알 수 없는 것이 되어, 우
리들 자신과 구별할 수 없는 것이 되어, 비로소 한 편 시의 최초의
말이 문득 그들 회상 한가운데서, 느닷없이 태어나는 것이다,라는

유명한 대목을 밀려드는 바다의 물결 이미지로 번역한 것이 틀림없다는 생각이 드는 것이다. 천사의 목소리를 들은 릴케가 서둘러 그것을 시로 창작하면서 문득 『말테의 수기』를 쓸 무렵이 "과거의 물결(Woge heran un Vorgangenen)"이 되어 밀려든 사실을 우리는 알게되는 것이다. 그것은 짐작이 아니다. 약 15행 뒤에 나오는 가스파라 스탐파Gaspara Stampa라는 고유명사가 그것을 증언해주는 것이다.

가스파라 스탐파는 1523년 이탈리아 파두아의 귀족 가문에서 태어나, 1554년 세상을 떠난 교양 높은 여류시인이다. 이 여류 시인 이름이 『말테의 수기』에 "한 없는 어려움 아래서 남성을 부르면서 남성을 초극하는 여성"의 범례로서 다루어져 있는 것이다. 릴케가 두이노 성관에서 머물고 있는 동안, 그는 바닷가를 거닐며 바다 한 가운데서 작은 섬처럼 떠올라 육지를 향하여 밀려든 물결이 흰 물보라가 되어 사라지는 것을 보았을 것이다. 릴케는 아드리아 바다 해안선에 밀려든 운명의 표류물을 조용히 바라보기도 하고 주서 모우기도 했을 것이다. 과거는 사라지지 않는다. 언젠가 다시 살아나 현재를 휩쓸기를, 현재가 되기를 기다리며 잠복해 있는 것이다.

6.

나림 이병주의 『예낭 풍물지』에 수록되어 있는 단편 〈쥘부채〉의 끝 구절은 江을 말한다. 바다의 근원을 말한다. 나림 이병주 자신의 말이라기 보다 그 자신이 인용한 듯한 구절이다. 니체의 『차라트스트라는 이렇게 말했다』에 보이는 구절이다.

진실로 인간은 더러운 江물이다. 스스로를 더럽힘 없이 그 더러
운 강물을 받아드리기 위해선 모름지기 바다(海)가 되어야만 하
는 것이다.

우루과이 태생의 프랑스 시인 쉬페르비엘(Jules Supervielle 1882-
1969)은 강을 달리 본다. 그의 『잊어버리기 일쑤인 기억』(1949) 첫
머리에 시집과 같은 제목의 연작 4편을 싣고 그 끝에 다음과 같은
무제의 시를 배치하고 있다.
그 시의 첫 연은 다음과 같다.

수원水源과 바다를 동시에 사는 강처럼
나는 나의 생을 꿈꾸기도 할 것이다
산, 평야, 최후의 해안 사이를
한 순간도 나를 멈추지도 못한 채
- 『잊어버리기 일쑤인 기억』

강은 부분의 총계가 아닌 살아 있는 순수한 생 전체인 것이다.
과거와 현재 미래가 나누어져 있지 않는 하나의 생 전체가 살아 있
는 것이다. 시인 쉬페르비엘은 강처럼 그의 생을 꿈꾸기도 했던 것
이다. 그의 세계인식은 지적 · 감성적 방법을 넘어선 형이상학적
차원에서 이루어지고 있는 것이다. 이러한 자세는 우리 시문학에
만나보기 힘든 것이다. 나무가 높이와 낮이를 잇는 수직 공간을 말

한다면, 강은 멀기와 가까움을 잇는 수평의 공간을 말한다. 휠덜린의 「회상」Andenken 끝 부분에 "기억을 빼앗고 또 주는 것은 바다"란 구절이 있다. 하이데거는 휠덜린이 말하는 회상은〈올려고 하는 것에 대한 회상 Das Denken an das Kommende〉이〈있었던 것에의 회상 Das Denken an das Gewesene〉일 수 있는〈양의적 회상 zwei Dentige〉이란 해석을 하고 있다.

나는 이런 시간 구조 위에서 "시는 한 번도 본적 없는 풍경에 대한 그리움"이라 말한 적이 있다(『물은 목마름 쪽으로 흐른다』, 솔, 2003). 이런 그리움이 이루어지는 터전은 과거, 미래, 현재를 한 순간으로 파악하는 무시간의 공간이다. 강은 그런 공간의 상징이며 동시에 현전인 것이다. 근원에의 걸음은 우선 근원에서 떠나지 않으면 안된다. 그 걸음은 근원을 그대로 지키기 위한 걸음이다. 강은 시시각각 그런 행보를 실천하고 있다. 강은 바다에 이르러 이름을 잃어버리는 것이다.

* 비고 : 쉬페르비엘의 독특한 세계 인식에 대해서 나는 계간 『예술가』(2014 가을호)의 「릴케와 쉬페르비엘에서 보는 〈시적 인식〉」이라는 권두시론에서 다루어보았다. 참고가 될 수 있으면 좋겠다.

여름날

정호승

옥잠화 하얀 목덜미에 비가 내린다
느티나무 굵은 팔뚝에도 비가 내린다
소나기를 피해 앉은 새들의 가는 발목에는
연비 자국이 보인다
연비 자국에도 소나기가 내린다
나는 기왓장을 갈아서 거울을 만들기 위해
오늘도 쉬지 않고 기왓장을 갈다가
소나기가 그친 여름날 오후
옥잠화의 가슴에 기대어 잠이 든다

* 경희대 국문과 졸업. 1973년 대한일보 신춘문예 시 당선. 시집 《슬픔이 기쁨에게》
《서울의 예수》《외로우니까 사람이다》《여행》 등. 소월시문학상, 정지용문학상 등 수상.

· 김성춘 ·

계림의 늙은 회화 나무와 나
아뉴스 데이
하느님의 목소리
시가 빈 배 쪽으로 나를 초대 했다
쇼스타코비치 제 8번을 듣는 밤

산문: 日記 - 휠덜린 시인, 성당 입학식, 그리고 아뉴스 데이

* 1974년 제1회 《심상》 신인상(박목월 박남수 김종길 추천)으로 등단. 시집으로
《방어진 시편》《물소리 천사》등과 시선집 《나는 가끔 빨간 입술이고 싶다》가 있음.
제2회 월간문학 동리상, 바움문학상, 최계락문학상, 한국가톨릭문학상, 제1회
울산문학상, 경상남도 문화상 등 수상. 현) 계간지 《동리목월》 주간

계림의 늙은 회화 나무와 나

계림 숲에 갔다
입구, 회화나무 한그루
너무 늙었다
팔과 목이 짤린 토르소다
온 몸에 시멘트 붕대를 칭칭 감은
중환자 같은 저 나무
그런데 와, 저 나무
진짜 시다

어떻게 몇 백 년을 그 강, 건너 왔을까?
박수근 화가 생각이 났다
육이오 전쟁통 경주에 피난 왔을 때
계림 숲에 가 날마다 사랑했다던 그 나무
저 토르소 나무!

지상에 뿌리박은 상처 같은
그렇지, 상처가 진짜 시다
하느님이 그린 저 나무
너와 나의 자화상 같은....
그래, 나무의 마음은 나무만이 알지
나 같은 얼치기는 죽었다 깨어나도 알 수 없지

눈발이 뿌리는
하루를 헌 신발처럼 신고
오늘 계림 숲에 갔다
담담한 마음으로 갔다
아,
나도 저 늙은 토르소 나무처럼 살고 싶은 날.

아뉴스 데이

저물 무렵이다

나무 잎새마다
귀가하는 새들의 저녁 종소리.
보랏빛 그늘로 차츰 번지며
날이 저문다

가슴에 둥글게 난타하는 저녁 종소리.

가없이 평화로운 저녁이다
누군가 내 어깨에 살며시 손을 얹는다

神이여
막막하게...

처음으로 불러보는

나의 詩는

오늘 텅 비었다.

하느님의 목소리

하느님의 목소리는
베이스 일까?
테너 일까? 바리톤일까?
아니면
맑고 투명한 여성일까?

바흐도
모찰트도
베토벤 선생 까지도
모르는 척
시치미를 떼고 있다

오늘도
성당 첨탑 꼭때기

푸르게 은은하게 울려 퍼지는
장엄한 파이프 올간 소리
계곡 물소리
오늘도 홀연히 생을 전율 시키는,

시가 빈 배 쪽으로 나를 초대 했다
- 횔덜린 생각

옛 기념관은 낮 12시에 문을 닫는다
나는 어두운 목조 계단을 올라 창 밖 비오는
넥카강을 바라본다
강가에 빈 배 한 척
배쪽으로 시가 나를 초대 한다
어디선가 읽었던 금빛 문장 하나
'자유로운.....그러나.....고독한......'
저 빈 배가 시다

이 궁핍한 시대에 시인의 존재 이유는?*
나는 창문 틈으로 스며드는 빗소리를 가만히 엿듣는다
넥카강**에 떨어지는 가을의 노크 소리다

- 당신의 시엔 당신만의 색깔이 없어요
  절망의 잎새 하나 흔들리지 않아요

내 마음 속 어디가 궁핍했을까?
비오는 넥카 강을 보면서
삶은 괴롭지만 밤이면 별들을 가슴에 안은 채
우주 끝으로 걸어가는 시인을 본다
'자유로운......그러나....고독한.....'
옛 기념관은 낮 12시에 문을 닫았다.

* 횔덜린의 시 '빵과 포도주'에 나오는 시구
** 넥카강: 횔덜린이 만년을 보내다 죽은 튀빙겐에 흐르는 강.

쇼스타코비치 제8번 듣는 밤
- 2014년 봄

비가 옵니다. 마을 앞들에도 냇가에도 모래 위 나라에도
밤이 펑펑 합니다.
비는 조금도 낡지 않았고 비는 또 다른 비를 부릅니다
당신이 좋아하는 왈츠 곡에도 전쟁 교향곡에도 비가 옵니다.
마음 깊은 곳 고압전류가 쩽쩽 합니다
슬픔은 아무리 사소한 슬픔이라도 깊습니다
상심 속 밤은 하염없고
파초 잎에 내리는 저 초록 비
석류꽃에는 붉은 비가 옵니다
모래위 나라 축축합니다
노래와 전쟁은 시퍼렇게 흐르고
비누로도 지워지지 않는 상처위에 밤비가 옵니다
어제의 비는 어제의 비, 나는 창문을 열고
두 손을 꼭 진 채, 떠난 꽃봉오리들을 생각합니다

컹컹컹 컹컹컹, 비가 비를 부르는 밤

세상 밖으로 흘러간 꽃봉오리들에게 내 온 몸을 난타당하는

지금은 밤.

日記 - 횔덜린 시인, 성당 입학식,
그리고 아뉴스 데이

2014. 8. 12. 쾰른

아이들을 보러 독일에 온지 며칠이 지났다. 쾰른 날씨는 변덕스럽다 개었다가 비가 왔다가... 개었다 비가 왔다가, 아무튼 자주 비가 온다. 비를 맞고 다니는 사람들이 보인다. 공원에서도 비를 맞으며 달리기를 한다.

전화 한통, 폰 메시지 하나 없는 요즈음이 참 좋다. 아무도 모르는 도시의 삶,
손녀와 노는 시간도 너무 행복하다. 저녁에 사람 만나고 술 마시러 나갈 일도 없다.
몇 년 사이 온유는 훌쩍 자랐다. 키도 마음의 키도, 마음의 피아노도.
아무에게 방해 받지 않고 읽고 싶은 책을 마음껏 읽는 요즘 시간들이 너무 좋다.

온유와 함께 아들이 운전하는 차를 타고, 오늘은 쾰른에서 약 3시간을, 345킬로를 더 달렸다. 프랑크푸르트, 마인즈, 슈튜트가르트를 지나 그림 같은 시골 마을 '라우펜' 에 도착 했다.

슈투트갈트는 부촌 도시였다. 언덕위의 집들이 보이고, 오페라 하우스에는 내년 공연할 오페라 곡목이 벌써 걸려 있었다. 리골레토, 코지판 투테...

온유는 뒷좌석에 앉아 여름 성경학교에서 배운 성경 노래를 엄마와 함께 쉼 없이 율동하며 신나게 노래도 부른다. 음정 박자 정확하다. 살다보면 이런 행복한 시간도 오는 모양이다. 천국보다 낯선!

어느새 차가 '빵과 포도주' 의 시인 횔덜린(1770-1843)의 생가가 있는 '라우펜' 에 도착한다..

나는 부끄럽게도 이 아름다운 시 '빵과 포도주' 를 늦게 알았다. 내 친구 오규원과 조정권 시인은 일찍이 좋아 했던 횔덜린이었다. 언젠가는 한번 와 보고 싶었던 곳.

그의 생가로 들어가는 마을 입구, 로터리에 둥글게 만든 시인의 일생을 요약한, 횔덜린 탑(조각상)이 하늘에 걸려 있다. 이색적인 조각상이다.

횔덜린 탑에는 1.자전거를 탄 니체. 2.몸 하나에 괴테와 쉴러가 함께 붙어있는 조각, 3.횔덜린 4.횔덜린의 연인 티오티마 나체상 5. 어린이 하나. 다섯 개 조각상들을 모아 놓았다.

철학자 하이데커에게 '왜 횔덜린을 좋아 하는가?' 라는 질문에 하이데커는 '시인중의 시인' 이니까 라고 답했고, 니체 또한 횔덜린을 '무장하지 아니한 영혼 그 자체' 라고 했던가, 서적 점원으로 일하던 하이네가 '빵과 포도주' 의 시를 읽고 시인되기를 결심 했다는 횔덜린! 궁핍한 시대에 시인들은 무엇을 위해 존재 하는가? 라는 본질적 질문을 던진 시인, 그의 이 질문은 지금 이 시대를 사는 우리에게도 아직도 유효하지 않은가!

그의 창작행위는 현실 속에 내재한 神적인 것을 종교적으로 체험하고, 시에서 언어의 껍질을 벗기는 고투의 작업이었다고 한다.

포도밭 언덕으로 오르는 길가의 허름한 3층 건물, 그의 생가다. '횔덜린 생가' 라는 간판 하나만 덜렁 있고, 사람이 살지 않는 것 같은, 지금은 남의 소유가 되어있는 집이다. 생가 앞에서 우리는 사진을 찍고 생가 옆 아담한 기념관을 둘러본다. 시간이 지났는데도 멀리서 달려 온 우리 일행에게 기념관의 주인은 친절한 안내를 해준다.

'이 궁핍한 시대에 시인의 존재 이유는 무엇인가?' 다시 질문해 본다. 이 궁핍한 시대에 지금 현재 내 마음은 과연 무엇이 궁핍한가? 김우창 교수였던가? "궁핍한 시대의 시인" 이란 평론집을 오래전에 본 기억이 난다.

〈 휠덜린의 시, '빵과 포도주' 〉

7

'궁핍한 시대에 시인들은 무엇을 위해 존재 하는가?
그러나 친구여! 우리는 너무 늦게 왔노라, 신들이 살아 계시지만
우리의 머리 위 저쪽 세계에서 살고 계신 것을 어쩌하리.
그곳에서 천상의 신들은 끊임없이 役事역사 하고 있지만,
우리를 그토록 소중히 여기심에도 불구하고
우리가 살아 있는지에 관해서는 그다지 관심 없는 듯 하구나.

(...중략...)

그러므로 인생이란 신들을 향한 꿈일 뿐이다. 하지만 방황조차도
때로는 졸음처럼 도움이 되고, 궁핍과 밤도 우리를 강인하게 단
련시키노라

(...중략...)

홀로 神들을 기다리기보다는, 차라리 잠을 자는 편이 더 나으리
란 생각을 숨길 수 없노라, 그들이 올 때까지 무엇을 말하고 무
엇을 해야 할지 나는 모르겠노라,
궁핍한 시대에 시인들은 무엇을 위해 존재 하는가?

그러나 친구여 말하노라, 시인들은 성스러운 밤에

이 나라에서 저 나라로 옮겨 다녔던 酒神주신의 신성한 司祭사

제와 같노라고.

8

(...전략...)

神들의 정신이 안겨주는 기쁨, 그 위대한 것은 사람들이 누리기

엔 너무나도 크거니와,

지고한 기쁨을 넉넉히 누릴만한 강인한 자들도

아직 부족하기 때문이다. 그러나 조용히 감사드릴 일들이 아직

은 남아 있노라

빵은 대지의 열매이지만 빛의 축복을 받은 것이며

포도주의 기쁨은 雷雨뇌우의 신으로부터 태어난 것이다.

그 때문에 우리는 지금도 옛날처럼 천상의 神들을 그리워하노라

(...후략...)

2014.8.13 튀빙겐

'절망 할 때 절망하지 말 것을, 절망의 심연에서 외친 시인 휠덜린'

다음날 아침 '라우펜'을 떠나 우리는 '튀빙겐'에 도착한다. 비가
오고 있었다
먼저 비를 맞으며 유명한 튀빙겐 대학 근처에 있는 튀빙엔 시립묘
지를 찾았다
거기에 휠덜린의 무덤이 있기 때문이다
누가 놓고 갔을까? 무덤 앞에는 생화 한 다발이 놓여 있다. 꽃향기
가 마음에 전해져 왔다.
묘비명은 간략하다. "휠덜린(1770-1843)"
휠덜린 기념관은 12시에 문을 닫는다
우리는 서둘러 10분전에, 기념관으로 향해 차를 몰았다.

휠덜린이 죽기 전까지 37년간이나 살았던 시인의 집, 지금은 휠덜
린 문학관이 된 이곳은 12시에 문을 닫는다. 문간에 금발의 알바
아가씨가 혼자 동그마니 앉아 있다.
고요한 넥카 강변의 2층 집이다. 강가에는 빈 배가 몇 척 묶여 있
고, 큰 백조 두 마리가 유유히 떠다니고 있는 강이 있다.
집은 몇 번 불에 탄 관계로 유물로 남은 게 별로 없다. 어두운 분위
기의 그림 몇 폭(현대 화가 작품)이 벽을 장식하고 있다.

한쪽 구석에 의자 두 개가 보인다. 마지막을 우울증과 정신병으로 고생한 시인의 절박한 삶이 떠 오른다. 평생 독신으로 산 그의 아름다운 연인, 디오티마와의 사랑이 궁금해진다.
광적인, 시인과의 사랑은 어땠을까?

2014년 8월 21. 쾰른 성당 입학식

온유의 독일 초등학교 입학식 날이다.
독일은 한국과 다르게 8월에 입학식이 있다
손을 잡고 손녀의 입학을 축하하기위해 입학식 장소인 쾰른 대성당으로 간다. 온유는 마냥 즐겁고 행복한 표정이다. 엄마가 만들어준 커다란 삼각형 선물 상자를 가슴에 안고!
솔직히, 온유가 그토록 유명한 쾰른 대성당에서 초등 입학식을 할 줄은 나는 미처 상상을 못했다. 그것은 운 좋게도 아이가 '돔징 슐레' (쾰른 성당 부속 초등학교)에 높은 경쟁률을 뚫고 합격을 했기 때문이다. 음악을 중점적으로 가르치는 초등학교다. 입학생은 50명. 눈이 파아란 서양 아이들 속에 머리가 까만 온유의 얼굴이 보인다. 동양 아이들도 몇 보인다.
성당 앞 좌석에 주인공들인 꼬마들이 올망졸망 앉고, 제대위에는 신부님과 꼬마 선배들 '합창단' 과 '리코더 합주단' 이 앉았다. 대성당 안이 하객들로 꽉 찬다. 10시 반, 성당에 불이 켜지고 입학식이 시작된다. 미사 순서다.

입학식의 가장 하일 라이트는 신부님과 꼬마 신입생들과의 첫 만남, 즉 대화장면이다.

신부님께서 마술사의 목소리로 상자 하나를 보여준다. 장난스럽게 꼬마들에게 묻는다
"이 상자 속에 무엇이 들어 있을까? 말해 볼 사람?"
호기심을 유도 한다. 여기저기서 꼬마들이 손을 번쩍 번쩍 든다.
(독일 아이들은 틀려도 자신있게 손을 들게 하는 것이 가정교육의 한 방법이다. 적극적 참여 태도를 길러 준다)
신부님이 한 아이 한 아이에게 닥아가서는, 친절하게 마이크를 대 준다
"과자요!" " 빵!" "피자요!" "알파벹!" "학교서 필요한 것!" 등....꼬마들의 다양한 답들이 나온다
신부님은 드디어 상자 속에서 크리스탈로 만든 '천사의 모양' 조각상을 살며시 꺼낸다.
마술사처럼.
불빛으로 상자 속에서 꺼낸 이쁜 '천사상' 을 비추어 준다.
그리고 또 질문한다. "천사가 하는 일은 무엇일까?"
한 꼬마가 답한다.
"나쁜 짓을 못하게 도와주는 사람"
신부님은 또 묻는다. "천사는 누가 보냈을까?"
"하느님..." 하고, 누가 답한다

꼬마들이 촛불 하나씩을 들고 제대 앞에 쭉 선다.

신부님이 아이들 한명 한명에게 정성스럽게 강복을 주며 축복드린다

"하느님께서 너를 도와 주실 것이다!"

"천사의 도움으로 이 아이들에게 축복을 주소서,"

"촛불처럼 사람들에게 밝은 빛을 주는 사람으로 자라게 해 주소서"

입학식 첫 수업 시간에, 아이들에게 훌륭한 생의 가치관을 심어주는 교육을 한다.

독일 식 교육이구나. 성당에서의 초등 입학식, 내 눈엔 아주 신선했다.

쾰른 대성당의 거대하고 화려한 돔 장식보다도, 오래 된 귀한 어떤 유물들보다도 나에게는 아이들의 정겨운 입학식 광경이 훨씬 더 감동적이었다.

아뉴스 데이

틈이 나면 나는 '터너' 작곡의 미사곡을 듣는다

특히 아뉴스 데이 부분이 너무 아름답다.

'신의 어린 양' 예수는 하느님이자 인간이기도 하다

바흐의 '마태 수난곡' 도 '하느님의 어린 양' 부분을 확대한 작품이다

이곡은 음악으로 쓴 성경이라는 평이 있다. 인간의 비극적 슬픔을 이 곡만큼 절절하게 표현한 곡은 드물다. 마태 수난곡은 슬픔 자체

가 주제이다

지휘자 멩겔 베르크의 '마태 수난곡'은 최고의 명반이다

'어린 양' 음악을 들으며 인간의 사랑과 고통을 생각해 본다

세상의 모든 눈물은 '성과 속' 그 사이에 있다. 그곳에서 음악이
시작된다.

"오, 하느님의 어린 양, 세상의 죄를 짐지고 가는
우리를 불쌍히 여기소서....."

• 강봉덕 •

블랙홀
고양이가 골목을 읽다
접속
바람의 언덕
화분 사이의 식사

시작 노트: 시는 나를 받아줄까

* 2012년 《동리목월》, 2013년 〈전북도민일보〉 신춘문예 등단.

블랙홀

허공이 열려 창백하다
빠져드는 부드러운 것들은 반항하지 않는다

문이 열리면 문은 창을 만들고 창은 구멍을 낳고 낳으며 자라나는
블랙홀 손바닥안에서 밥상머리에서 책상위에서 버스안에서 만들
어졌다가 사라지는 구멍, 휘어지는 그림자도 어둠도 비명도 구멍
의 반대편 깊을수록 환하다 뒷면이 밝아 보이지 않는다 손가락을
잡고 눈알을 발목을 가슴을 몸을 당긴다

입구만 있고 출구가 없는 구멍 이곳은 소리나 감정이 없고 바람이
불지 않고 눈보라가 치지 않는다 바싹바싹 말가가는 몸 서너 개의
목숨과 죽음을 보유 할 수 있는 곳 이곳을 빠져 나가기 위해선 뒤
돌아 서야한다 메비우스띠 같은 유혹의 길에서 돌아선다는 것은
길들여진 것에서 멀어진다는 것은 본능을 거역하는 아픔이다

기억을 지우는 일은 뚜껑을 덮는 일
창에 잠겨드는 몸이 소용돌이진다

고양이가 골목을 읽다

담장 위, 어둠처럼 천천히 밀려와
난간에 쪼그려 앉아 두꺼운 골목을 읽는다
골목은 어둠을 한 겹씩 쌓으며 자서전을 엮는다
두 손에 침 바르며 곰곰이 책을 읽는다
잔업을 마치고 돌아오는 땀 절은 작업복을 읽는다
거북이 등짝 같은 학생이 넘어지고
대리운전 차량이 황급히 떠나고
껌을 찍찍 씹는 하이힐이 어둠속으로 들어간다
발라진 생선같이 흐릿해지는 날이면
집나간 발자국이 불켜진 방을 들여다보곤한다
가끔 욕지거리 같은 찌그러진 냄비가 날아오는 것은
문간방 일용직 김씨가 독서를 방해하는 것이다
어둠을 배경으로 책이 한 뼘씩 자라면
그는 둥근 수염을 펼쳐 하루의 깊이를 가늠한다

어두워도 맑은 문장을 만날 수 있다는 듯
매일 밤 혀로 어둠을 닦는다
긴 하품을 하며 꼬리 같은 부록을 읽을 즈음
눈 밝은 청소부는 먹다남긴 간식을 수거해 가고
눈 어두운 하나님은 책을 읽기위해
둥근 램프를 골목에 걸어둔다

접속

온종일 그녀의 목덜미 잡아채고 흔든다

괴성을 지르고 얼굴을 찡그리며

때로는 경고장을 꺼내 보이기도 하지만

결코 물리적 도발은 하지 않는다

한 세기 전 태어났으면 요조숙녀 아니겠는가

가슴과 은밀한 곳 살살 문질러 주면

고분고분 부드러운 속살 열린다

그녀의 몸은 온통 미로 투성이다

속 시원히 본 적 없는 내벽

내가 다가서지 않으면 눈감고 버틴다

기다림을 숙명처럼 여기는 그녀

허공에 담긴 호수다

한 마리 물고기로 행간을 누비지만

내가 만난 것은 흙탕물의 일부

오늘도 목을 조르거나 어르고 달래며 산다
그녀는 먼저 이별을 통고하지 않는다
성격 탓이나 딴전을 피운 건 항상 나다
앙칼진 성격을 다루는 방법은 간단하다
머리채를 낚아채고 확 당기는 것
감전된 그녀가 눈감는 시간이다
다시 고개 숙이고 다가서는 것 역시,

바람의 언덕

바람의 길목엔 키낮은 들풀이 산다
부드러운 칼날 같은 바람이 불면
납작 엎드리는 법을 먼저 배운다
몸을 웅크리거나 꺾이지 않으면 베어진다
웃자라거나 뿌리가 없으면
후미지고 가난한 곳으로 밀려가 출렁거린다
바람에 맞서면 앞으로 나가지 못하고
제자리에서 돌 뿐,
바람은 차가운 곳에서 몰려와
어수룩한 것을 들춘다
바람의 언덕엔 억척스럽게 살아남은
키낮은 것들.
탐스런 꽃을 피워 올리거나
화려하고 싱싱한 잎을 위로 올릴 수 없어

눈감고 아래만 살핀다

먹먹한 귀에 들려오는 바람이 들려주는 소문.

바닥에 납작 엎드린 낙엽 같은 노인이

몇 달 만에 발견됐다는 이야기도

건조하게 알려준 바람의 말이다

마른 눈물도 사라져 누렇게 변해 가는 계절이다

풀들은 아파트 평수 넓혀 이사 가듯

씨앗을 멀리 보내려 손을 올린다

까아만 눈빛을 바람에 밀어 넣고 있다

화분 사이의 식사

1

세발선인장과 인도고무나무가 우리 집 거실로 이사 온 날 허공이
위태하더니 떠들썩한 식탁을 차린다 악어 울음, 낙타 발자국, 잘
구워진 모래, 붉은꼬리열대사다새의 웃음, 전갈의 맹독을 한데 모
아 찌지고 볶고 비비는 특별 메뉴 섞일 수 없는 것을 잘 섞는 것이
이 요리의 비법. 가끔 개성 강한 것들이 부딪혀 스콜을 퍼붓기도
하고 회오리바람이 몰려오지만 이때 맛볼 수 있는 것이 이곳의 별
미이다 지구본을 돌리듯 화분과 화분사이를 돌리면 철철 넘치는
웃음이나 울음, 노래 때로는 비명까지 모두 제 몸에 갇힌 소리 하
나씩 흘린다 신기루 같은 입들이 둘러 앉아 먹는 늦은 저녁 엇나간
일기예보처럼 싱싱한 맛

2

때 늦은 우리 집 저녁식탁

뿌리처럼 바싹 마른 입들이 허공에 길을 낸다

"막내는 영어학원가서 아직 안온거야, 아마 길 건너 게임방에 있을 거야. 이번 학기 휴학하고 주유소 아르바이트 할 거예요, 등록금 걱정은 하지마세요, 내 삶도 충전 좀 할 거고요. 아버지 어머니 갈라서실 거 같아요, 각 방 쓴 지도 오래고요. 어제 박 과장이 해고됐어, 당분간 집에 늦게 올 거야. 대출금 이자날짜는 왜 이리 빨리 다가오지, 이번 달은 보험해약해서 이자라도 넣어야겠어요. 이번 추석엔 막내 삼촌 결혼 이야기 좀 해요, 언제까지 같이 살아요, 집도 좁은데..."

양푼에 어울리지 않은 말들을 집어넣고 섞일 때까지 돌리는 저녁
서로가 서로에게 조금씩 섞이기도 하고 허물어지도 하면서.

시는 나를 받아줄까

詩를
가만히 들여다본다.
사랑한다는 소리가 쏟아질 것 같은 날
사랑한다는 말은
신이 우리에게 준 가장 큰 선물
자연이 보여주는 눈물같은 몸짓
인간이 만든 간절이 그립다는 또다른 언어
詩를 버리고
연필을 내려놓으며
사랑한다라고 한줄 만 쓰면
詩는 나를 받아줄까

추석

공광규

귀뚜라미가 가을을 지고 왔다
여치가 달을 안고 왔다
추석을 지고 안고 오느라
귀뚜라미와 여치는 뒷다리가 길어졌다

메뚜기가 해를 이고 왔다
방아깨비가 방아를 찧으며 왔다
추석을 이고 찧으며 오느라
메뚜기와 방아깨비는 다리가 길어졌다

곤충이 추석을 데리고 왔다
악기를 업고 달밤에 뛰어왔다
풀잎 나뭇잎에 노래가 단풍들었다
꽃 진 자리에 열매를 앉히느라 다리가 길어졌다

추석이 가을에 뛰어 왔다

풀잎 나뭇잎 꽃잎을 밟고 왔다

곤충이 지고 안고 이고 까불며 오느라

뒷다리가 가을밤만큼 길어졌다

* 1986년 월간 《동서문학》 등단. 시집 《소주병》 《말똥 한 덩이》 《담장을 허물다》와 저서
《신경림 시의 창작방법 연구》 《시 쓰기의 방법과 읽기》 《이야기가 있는 시 창작 수업》,
동시 그림책 《구름》

· 권기만 ·

* 2012년 《시산맥》으로 등단. 제7회 최치원문학상 수상.

다부 1
- 우주학교

1

맘속에 일천억 개의 은하를 품어도 겸손을 배우게 하는 우주학교, 다부 1교 지나 다부 2교 가는 길에 우주에 관한 건 다 있다 위대한 것은 위대하다고 말하지 않는다 다부 1교에 새겨진 법도를 익히는 동안 별에 대해 하나씩 알아 갔다 별을 다 알게 되면 우주를 반 바퀴 돌아오는 졸업여행을 간다 우주를 반 바퀴 도는 동안 몸은 우주를 양자껏 품는다 그러나 영혼과 우주가 일란성 쌍둥이로 다시 태어나면 가르침도 학습도 저절로 완성된다 졸업장으로 고양이과 수목인 재규어마린 한 송이씩 달아준다 입이 뽀족하고 긴 수염 수술이 고양이를 연상시킨다 꽃잎 밑에 숨어 있는 가시는 꽃을 건드리지 않는 한 발견할 수 없다

2

지구를 떠나기 전 꽝꽝나무에 숨을 꽂는다 호흡이 필요 없는 혹

성을 숙제할 땐 심장을 단단하게 정지시켜놓아야 한다 불모의 혹
성을 오아시스로 만드는 작업은 두고 온 숨을 고르게 한다 임무를
마치고 돌아가 숨을 찾을 때까지 큰숨으로 자라고 있을 꽝꽝, 잎
속 공기가 꽝꽝 터지듯 수십억 년 된 별이 허공을 할퀴며 터지는
고양이성운으로 방향을 잡는다

3
문이 있고 정원이 있고 연못이 있다는 건 상상보다 큰 기적이다
별똥별 수백 개 품어놓은 딸기를 맛본다는 건 꿈이다 수천 개의 은
하를 합쳐도 만들 수 없는 장미를 만져본 기억으로 장미성운으로
이동할 때 문득 5월이라는 말이 빛의 백만 배 속도로 거문고좌를
지나간다

4
몸속 만 평의 청보리를 밟으며 우주의 중심으로 미끄러질 땐 눈
을 감는다 보는 순간 맘속 모든 어둠이 소멸한다는 쿼이샤, 처녀자
리 은하단에 도착하면 정중하게 헬멧을 벗고 고개를 숙여야 한다
기억의 꼭짓점에서 갈라진 후 137억광년 만에 잡아보는 손, 합체
된 기억을 열면 나타나는 황소인간 염소인간 뱀인간이 스핑크스를
지나 독수리인간으로 날아오른다

5

왕래할 수 없어 점점 작아지는 아이들, 별천지 구석구석에 주파
수를 맞춰놓으면 가야할 곳이 결정된다 2인1조 베가행성 99박100
일 투어가 결정된다 중성미자 칸타타에 오른다

6

불빛의 손을 잡지 못하게 하는 일방을 해제하고 십방을 퍼트리
는 100일 동안 대기는 흐림에서 푸름으로 바뀐다 바람을 들이키며
울먹이는 나무, 푸름보다 더 밝은 말은 없다고 다독이고 모항으로
돌아오면 휴가가 기다린다 태초를 낳은 어둠 양탄자로 깔린 암흑
물질을 둘러쓰고 쉬는 무중력 휴가, 그만한 긴장이완이 없다 이제
별빛은 태초를 낳은 어둠보다 젊다

7

다부를 떠난 지 499년, 모든 곳이 중심이 아니며 또한 모든 곳이
중심인 우주, 중심은 자신뿐, 가정한 중심점에 다다른 날 직지사
뒤쪽 은행나무가 그 큰 붓으로 하늘을 노랗게 칠하고 있다고 지구
쪽 별이 꽝꽝 도장을 찍는다

8

좌표상 우주의 중심을 반 바퀴 돌아오는데 999년, 사상의 지평
선 위로 떠오른 지구가 한 송이 물방울꿈이다 신비의 극점에서 피

어난 가장 푸른 물방울눈, 음정 위에 떠 있는 섬에서 개똥지바뀌 울음소리처럼 선명한 물소리 들려온다 그 소릿길 따라 해당화 여린 가지에 불시착한 달빛처럼 지구에 내린 날, 밤꽃향 그윽한 바람 오리 밖 밤나무 안부를 전한다

9

개구리 울음 한 소절로 천 년의 허기를 달래고 꽝꽝나무에서 호흡을 찾아 숨을 불어넣자 인간의 시간으로 환생하는 세포들, 별이 그토록 제련하고 싶어 한 열정이 순금보다 더 밝은 화음을 들려준다 푸름 속에 구현되어 있는 환희가 지구시간을 조용히 탄주해보는 콧노래, 만 톤의 중력 보정 장치로도 만들 수 없는 중력장이 저녁이라는 항성을 천천히 관통한다

다부 2
- 5월

1

문배주 익어가는 저녁 여인을 들으며 달을 본다 저 문을 열고 먼 은하로 달려가던 시절 나뭇가지 사이의 달은 곧잘 은하처럼 흘렀다 HFLS3 은하가 장미성운 위로 떠오를 때 다부 1교 위로 달이 뜨는 것 같았다 Starburst 은하를 항해하며 별의 탄생을 지켜보는 일은 기억이 창조되는 걸 보는 것 같았다 어째서 기억은 꿈의 형태로 존재하는지, 인간에 대한 경외는 그때 완성되었다

2

바람이 잎의 손등을 타고 미끄러져 이마를 짚는다 푸른 숨소리가 늘씬하다 지구에서 석 달 휴가는 꿈이다 푸름은 모든 별을 합쳐 놓은 중력을 거느린다 그 그늘에서 한나절이면 우주 한 바퀴 도는 것과 같은 풍광을 중력장으로 만들 수 있다 오월의 회전반경에 접어들면 꿈은 푸름으로 갈아입는다 넝쿨장미들이 완성된 꿈입술을

하고 오월의 눈빛을 턱에 받쳐놓고 지나가는 바람을 못 본 체 하는
토라짐에 내 입에서 탄성이 터진다

3

안녕, 아가씨들 모자를 벗고 인사하는 내 눈 가장자리에 겁도 없
이 애인처럼 붉음껏 들어선다 내 몸에서 한동안 가장 밝은 성운의
계절이 시작된다 꿈의 절기를 살고 나면 인간은 가장 고귀한 존재
가 된다 다부로 다시 온 까닭은 그 때문, 녹색의 계절을 가진 행성
에서 충전된 영혼의 품격은 어쩌면 가장 밝은 별보다 더 밝은지도
모른다는 항성교관의 말은 사실일 것이다 처녀자리 은하족 베가성
아이들에게 지구인 교관은 천상의 우물이라 불리는 것도 그 때문

4

내가 모르는 나의 빛은 오월을 살아서일 것이다 아무렇게나 떨
어진 오동나무 그 큰 헐떡임을 줍는다 언제부터 은하가 흐르고 있
었던 것일까 홀로 먼 여행에 나선 항모를 보듯 오동나뭇잎을 들고
눈 위로 들어올려본다 항성의 풍모가 어렸다가 스러지는 그 사이
로 흰당나귀은하가 나타샤처럼 달려온다

5

오월과의 연애는 상비약 같은 것이지, 우주여행 999년 동안 병
이 극도로 깊어졌을 때 몇 번 그 길을 다녀온 항성장이 내게 말해

주었던 그 말, 가장 깊은 병은 푸름이지, 그때 보았다 내 안의 달이 극도로 야위어 졌을 때 살갗을 뚫고 별이 뜨는 걸, 나부 은하단에서 가장 아름답다는 나부족 여인을 만났을 때에도 내 마음은 차가운 석영 같았다 자신들보다 더 아름다운 종족이 있단 걸 믿고 싶어 하지 않았지만 그건 금지된 불문율, 지구의 오월을 통역할 언어는 없었다

6

오월의 햇살이 병아리 노란 날개처럼 접혀 있는 다부 1교 지나 다부 2교 가는 길, 꿈의 성지를 달이 한 마리 새처럼 둥글게 품고 있다

스타게이트

별을 사냥하는 사내가 궁도성으로 떠났다 나는 아직 침묵을 장
전하는데 서틀다 중력 속에 태엽처럼 감겨 있는 암흑물질을 마신
다 시간여행공간지름길을 통과하려면 중심을 내면에 잡아둬야 한
다 12지간이 지키고 있는 스타게이트를 통과하면 불새의 둥지가
나타난다 불사의 열정을 훔치기 위해 총구를 겨누는 사냥꾼, 빛을
정조준하면 블랙홀이 나타난다 불새가 눈을 뜨는 순간이다 그 순
간을 놓치면 이백만 광년 밖으로 날아가는 걸 지켜봐야 한다 사냥
꾼과 헤어져 차원역에서 갑자기 생각난 듯 내렸다 지나온 길을 걸
어서 미래로 가는 환승역, 언제가 지구인도 걸어 간 길이다

암흑물질을 마시고 우주 시민이 되면 어디든 갈 수 있다 센타우
르스 원형경기장에서 치러지는 대전차경기를 보려고 몰려가는 카
시오페이아인들, 설렘만 서식하는 직녀성에 맡겨둔 46억 광캐럿
식물군락지를 찾아 가슴자리에 끼우면 푸른 광채를 회복하는 꿈,

그 오로라빛을 보태면 초속 1000 AU*의 가속도가 붙는다 은별이
내게 준 가니메데를 만지자 타임머신에 장착해둔 게이트가 내 몸
을 열고 들어온다 시간여행공간지름길을 휘감는 광채, 빙글빙글
졸고 있는 처녀자리를 가로질러 별을 사냥한 사내처럼 오랜만에
지구별로 방향을 꺾는다

　　모든 문을 통과하여 도착한 지구의 봄, 반짝이지 않는 게 없다

언어의 도시

0

컴퓨터에 단어를 뿌려놓고

배고프면 활자화하여 시장에 내다 팔고 있다

25000GB 밭엔 비주얼 자바 c++

변조된 웃음 소스가 무한대로

자판기 너머 미래로 번식한다

0과 1의 관계수로 사이로 음악이 폭주하고

복제된 네이버의 달이 화면 밖의 달과 충돌한다

수천 개의 불꽃이 암흑을 가로질러 불발탄처럼

,,, 쉼표로 찍힐 때

키 큰 잡초같이 흑흑거리는 감정그래프

저축한 돈이 없어도 관계수로 사이로

발뒤꿈치를 들고 봄이 지나가고

반복반복 녹슨 목소리도 지나간다

마이크로 칩에 내장된 여자의 손톱

메니큐어를 바르고 둔갑한 e-Cord

네일아트 아래 사이버세상이 반짝인다

원하는 것이면 무엇이든 거래되는 뒷골목

흙냄새 좀 나지 않으면 어떠리

쾌락도 썩으면 0이 된다 중얼거릴 때

종자를 알 수 없는 무정자의 무리가

이브의 뱀처럼 미라보다리 아래

네이버의 달을 향해 몰려간다

1

색채여행

수묵은 강이다 나는 그걸 하늘이라 읽는다 내 눈에 번지는 것으로 강을 만드는 수묵, 그 침묵의 흘림은 영감이다 수묵으로 꼬리를 감춘 구름 흘러간다 그 왁자한 묵상에 귀가 번진다 바람도 제 살 풀어 흐름을 보탠다 흐르지만 불기도 하는 건 그 때문, 소리가 번지지 않으면 하늘을 얻은 게 아니다 수묵의 잎에 옮겨다놓은 굵직한 물살을 나는 군이 잉어라 읽는다 커다란 물살을 덮어 눈을 감고 있는 건 그냥 흘러가라는 것, 번지며 밀려오는 잔물결 안으로 돌려놓고 분주한 입질이다 박쥐란처럼 날개의 내면을 다 덮은 구름 이파리들이 밖을 잠그고 벽 속으로 강을 풀어 놓는다 잎으로 번진 영감의 꼬리가 흔들린다 지나가던 별똥별 무리가 성운인가 싶어 맨몸으로 뛰어 든다 묵상의 귀가 한 번 더 번진다

번짐이라는 은유

내가 아는 시인 중에 화가 시인이 있다. 같은 고향 출신이라 더 정감이 가는 그의 색감은 동양의 담백한 대비를 통해 여백의 깊이를 모색하고 있다. 흘림이 주는 해방감이 아니라 단순 대비가 그 전부로 여백을 만들어내기도 한다는 걸 보여 주어서 나도 모르게 탄성을 토했던 적이 있다.

색은 변화를 가장 잘 대변한다. 그림이 피어남이란 걸 우연히 목격하게 된 그의 전시회에서 느낌이 어느 날 언어로 번져서 탄생한 시다. 그러니까 이 시의 원작은 그의 그림인 셈이다.

사실 수묵은 번짐이라는 은유로 이루어져 있다. 번짐으로 풍경의 내면과 교통하고 있다는 느낌은 새로운 게 아니지만, 그날따라 마치 모든 그림들이 꽃이 피듯 화면에 정지해 있지 않고 사방으로 번지고 있었다. 저건 뭐지? 보이지 않는 번짐이 내 몸에서도 스멀

거렸다. 살아있는 것들이 숨어서 내는 소리가 내 몸에도 뿌리를 내리고 있었다. 나는 슬며시 액자를 들고 벽을 치웠는데 벽은 좀 물렁거리는 것 같기도 했다. 흐름을 애써 외면한 표정을 모른 체하고 돌아서는데 내 눈을 피해 잉어의 꼬리가 퍼덕이며 사라지는 걸 감지할 수 있었다. 버들치가 우르르 몰려다니는 벽을 만들어놓은 그의 색채에 한참 머물다 흠뻑 젖어서 화실을 나왔을 때, 아주 먼 나라를 여행했다는 걸 깨달았다.

· 권영해 ·

오래된 그, 자목련
파란만장함에 대하여
방어진 연가
부처님의 사리사욕
쇠똥구리

시작 노트: 집착으로부터의 자유

* 1997년 《현대시문학》(김춘수 시인 추천)으로 등단. 시집 《유월에 대파꽃을 따다》
《봄은 경력사원》이 있음.

오래된 그, 자목련紫木蓮

사람 좋은 자목련
이를 온통 드러낸 채로
붉은 목젖을 다 내보이며
웃고
서 있네

그 초등학교 낮은 교문에
현수막,
찢어진 채로 걸려 있네

'새내기들아, 입학을 축하해'

비도 맞고
때 아닌 꽃샘 눈도 맞으며

황태처럼 숙성되면서

명문 학교, 최고의 격문이 되어

한 달이 지나도록

무방비 상태로

내 가슴 속에서

발효하고 있네

파란만장함에 대하여
- 알은 세계이다 태어나려는 자는 하나의 세계를 깨뜨려야 한다*

세상에
이보다 더
파란만장한 삶이 있는가?

반부화한 채로
경찰청 압수물 보관 창고에서
폐기를 기다리던
300여 개 오리 알 중 일부가
우여곡절의 날개를 달고
철벽을 꿰뚫어 버렸다

낙동강 오리알 신세가 될 뻔 했던
쩡빗롱**들이
살처분의 위기에서 구사일생

미운 오리새끼로 환생하였다니,

파란만장波瀾萬丈으로부터

파란만장破卵滿場으로 이어지는

이율배반의 현실이 기막히다

* 헤르만헤세의 '데미안'에서 인용
** 동남아 국가의 별식인 부화 덜 된 오리알구이

방어진 연가

사랑을 꿈꾸는 사람들은
터미널로 모인다
방어진은 그런 곳
이별을 두려워 말라
이 세상 종점들은
그리워하지 말아야 할 것들을
그리워해도 되는 곳

꽃바위花巖에 오르면
아스라히 눈에 밟히는 장생포
팔 뻗으면 안길 것 같은 해무海霧 속에
오늘도 세월은
있어야 할 것들을 묻어 버리고
없어도 될 것들을 거기 있게 하는가

그리움을 그리워하는 마음들이
그리움을 두고 떠난 곳,
땅끝에선 섬瑟島이 보이지만
섬 끝에선 또 무엇이 보이기에
모든 것 버리고 서서
얼마나 많은 투정을 감내하고 있느냐
'바다아-' 라고
가슴 터지도록 불러 보고 싶은 것이냐

종점에 올 때마다 사람들은
갯비린 그리움에 지쳐 길을 잃지만
방어진은 그런 곳
사랑을 두려워 말라
우리 모두의 아픔이면서
우리의 모든 것이기도 한
끝자락의 시작점이
빗속에 흔들린다

부처님의 사리사욕
- 난중일기 9

상원사 부처님
그 좋은 경관 속에 터 잡으시고
거만巨滿하게 앉아
중생들 내려다 보시네

능수능란한 다리 꼬기
결가부좌라 칭하시고
세상이 아니꼬운지
세상사 가소로운지
팔짱마저 끼시네
욕심浴心도 많으시네
유난히 깔끔 떠시고
건방健房지시네
티가 너무 나네

다시 눈 비비고 머리 조아리니
사리사욕舍利思浴 콸콸 넘치는
적멸보궁에
부처님 모습
안 보이네

갑자기 내 마음
화-안해지네

쇠똥구리
- 난중일기 8

세상의 꿈들은
얼마나 부질없는가

짐 진 자들아
이고 지고 안고 있는 걱정을
죄다 벗어 버려라
오체투지도 버리고
삼보일배도 던져 버려라

세상을 구르게 하는 힘은
미는 것이 아니라
근심을 놓아 버리는 일

굴리고 굴릴수록

바퀴가 구르는 것이 아니라
쇠똥 경단만 덕지덕지 커질 뿐

내가 아니면
무언가 굴러가지 않을 거라는
그 치명적 착각마저 붙들어 매시라

집착으로부터의 자유

야망의 인자因子는 누구에게나 있다.

그러나 부질없는 욕망은 인간을 근심에 싸이게 하고 더 큰 번민을 만들어 스트레스를 대량생산한다. 인간들은 집착으로 인해 소심해지고 비굴해지며 다른 사람에게 못살게 굴게 된다. 특히 자리에 연연하는 자들은 노심초사 안달하고 부단한 걱정으로 인해 창의적 발상이나 소신 있는 발언을 하지 못하며 아랫사람들만 들볶아 자리 지키기에만 급급하게 됨을 많이 보아왔다.

집착과 악착에서 빠져나올 수만 있다면 그것이 바로 무소유의 무한자유를 만끽하는 지름길이리라. 내려놓는다는 것은 포기가 아니라 비우기이다. 그러나 인간은 그야말로 불완전한 개체이므로 자신이 가진 것을 하나라도 내려놓는 과정에 힘들어 한다. 어리석은 자들에겐 기득권을 포기하는 것은 죽음과 같기 때문이다.

물욕, 소유욕, 명예욕은 사람이기 때문에 누리고 싶은 어쩔 수 없는 욕망이라 나도 오랜 기간 동안 여러 욕망의 유혹을 받아왔다.

그러나 이제 집착과 욕망을 조금씩 줄여가고자 한다. 물 흐르듯이 자연의 법칙을 따라 내 삶의 한 치 앞을 꾸려가고 싶다. 조금은 힘들겠지만 비굴함과 가식의 허물들로부터 과감히 자유로워지고 싶은 것이다.

되돌아보니 나도 참 쇠똥구리처럼 과중한 경단을 굴리느라 애 많이 쓰고 살았구나.

춤추는 만득이 2

함민복

바람도 없는 들판에서
고무풍선이 춤을 춘다

침묵과 쓰윽, 멈춰 있음으로
새를 쫓던 허수아비

앙상한 뼈대는 없고
빵빵한 살을 휘저으며

사람들을 불러 모으더니
어느새 새를 쫓고 있다

고요가 지키던 황금빛 들녘
전기모터 소리가 지키고 있다

* 1988년 계간 《세계의 문학》 등단. 《눈물을 자르는 눈꺼풀처럼》《모든 경계에는 꽃이
핀다》《말랑말랑한 힘》 등의 시집 발간. 《오늘의 젊은 예술가상》《김수영문학상》
《박용래문학상》《윤동주문학대상》 등을 수상

· 권주열 ·

NACL
사바나 사바나
수평선 $\frac{1}{2}$
시
허공의 출산
닭발

시작 노트: 화들짝 들켰으면

* 2004년 《정신과 표현》으로 등단. 시집 《바다를 팝니다》 《바다를 잠그다》가 있음.

NACL

물고기는 없고 바다만 있다

배는 없고 바다만 있다

어부는 없고 바다만 있다

등대는 없고 바다만 있다

방파제는 없고 바다만 있다

수평선은 없고 바다만 있다

파도는 없고 바다만 있다

그

없음의

혓바닥에

머들머들 돋는

$\sqrt{섬}$

$\sqrt{섬}$

$\sqrt{섬}$

사바나 사바나

"어린 말이 표범에게 잡혀 먹히려는 순간포착입니다. 아, 그런데요. 어미 말이 순식간에 돌진해 새끼를 탈출시키고 자신은 처참하게 잡혀 죽네요."

누군가가 친절히 해석까지 해주는 오후 5시 동물의 왕국, 약육강식이라는 말이 고기처럼 혀에 닿는다. 말이 말을 뜯어먹는다.

언어가 없는 고장에서 태어난 말에게 희생이라는 말이 있을 리가 없다. 그 말 보다 수 만 배 빨리 쫓아와 한 몸 솟구칠 뿐, 모자라는 말은 없다. 어떤 말도 대신 할 수 없다.

말이 없기에 말이 사라지는 것이 아니다. 허급지급 저만치 달아나다 말고 죽은 어미 쪽으로 힐끗 힐끗 쳐다보는 말, 발걸음이 잘 떨어지지 않는 말, 슬픔이라는 말이 없기에 슬픔보다 눈을 굵게 끔

벅이는 말, 공포라는 말이 없기에 공포보다 먼저 달려가는 말,

사바나 평원의 말이 없는 세계는 온통 얼룩말이다.

수평선 $\frac{1}{2}$

6번 줄 부터 의심치 않아, 그래, 비가 온다고? 잘 도착했니 아직
수염에 대해 할 말이 없어

우리가 아는 접근법과 확연히 달라, 비는 매달릴수록 손해야

가위에 눌러 본
적 없는 사람이 고양이게 은색 우유를 따르고 있어, 따를수록
7번 째 레일부터 차츰 사라지는 거야, 일종의 낙하, 자유낙하,
구름의 이유들

비는 허공에 대해 결코 아물지 않아
길고 가늘게 물 구겨지듯 그렇게
달려가고 있어

우산이 없더라도

실눈을 뜨면, 온 몸이 플랫폼이야!

시

ok쪽으로 적금을 붓고
ok쪽으로 박수를 치고
ok쪽으로 방향을 틀고
ok쪽으로 승진을 하고
ok쪽으로 술을 마시고
ok쪽으로 어깨동무를 하고
ok쪽으로 살이 찔수록

ko 되는 것이 있다

허공의 출산

비가 비의 입속에서 번득이며 나올 때
담요 같은 마당과
나무의 긴 표정,
구름의 뼈가 필요하지, 어쩌면

비는 열매와 꽃의 나머지,
강과 호수의 나머지,
구름과 우산의 나머지,

나머지는나머지의울음을물고,
나머지는나머지의죽음을물고,

달리는 자동차 지붕과
건너편

k산부인과 지붕위로
한소끔 예약된 비, 이 비 그치면

그 다음부터는 쭉 당신이 나머지다

닭발

자주 신발을 산다
한 번도 신지 않은 것들이 여러 켤레 있다

신발을 사던 마트에서 닭발을 샀다
발을 사는 일은 드문 일이다
디뎌본 경험에 대해서 모두 잘려 있다

신발장에 신을 넣듯
냉장고에 발을 넣는다
신과 발 사이가 기묘하다
서로 신지 않는다

발이 입에 들어간다

식탁 위에 발을 꺼내놓고
일행이 올 때까지 기다렸다
맥주가 떨어졌는데 안주만 씹을 수가 없다며 급히 신발을 끌고 나
간 사람이 깜깜 무소식이다 한 시간이 지나고 하루가 지나고 한 십
년이 지나고... 전단지 마다 발을 찾습니다 라고 적어 놓았다

발이 가까이 올 때까지
발이 하나씩 줄어든다

세상의 발이 다 궁금해진다.

화들짝 들켰으면

언제나 내 몰래 내 시들이 써지면 좋겠다. 어떤 이유도 일관성도 없이 써지면 좋겠다. 가끔씩 네가 아니라 내가 화들짝 들켰으면 좋겠다.

· 김익경 ·

포즈
의혹
감춰진 적의敵意
베르테르
곳간

시작 노트: 당신은 너무 가볍군요

* 2011년 《동리목월》로 등단.

포즈

손톱을 깎을 때 당신의 뇌는
불편해진다

방심할 수 없는 경직처럼
촉수에 가해지는 무게보다
이빨을 무는 힘이 더 강해진다

나에게 손톱을 허락하라 마요!

온 몸이 까칠해진다

손톱이 삐딱해진다

큰 톱이 된다

맛있는 얼굴을 탐할 때마다
혀를 물거나
입속을 깨무는 것처럼
통제되지 않는다

손톱이 발이 되고
발톱이 도구가 되는
이상한 뇌들은
통속적이지 않다

손톱깎이로
얼굴을 깎는다

깎여진 얼굴들은
변기에 버려졌다

의혹

점자를 읽듯 밤의 민낯을 읽는다

가끔 송충이가 나의 몸에 있고
당신을 더듬듯 점자를 더듬는다

당신과 점자와 송충이는 모두 벌거숭이다

움찔움찔
음성이 튀어 오르고
집에 사는 모든 벌레와 곤충이 몰려들었다
발견되지 않은

볼록해진 볼살처럼
점자도 당신도

오목해져간다

점자는 익숙할수록 또렷해지고
지네처럼 느리고 끈질기다

당신은 눈을 떠도 감긴 눈이다
의혹만 뚜렷하다

감춰진 적의敵意

당신의 손에 감춰진 걸 알아요 내가 움직일 때마다 주머니에 박수가 쌓였죠 나의 입은 더 벌어지죠 원하는 걸 알아요 우리 선수잖아요 동물처럼 대화를 나눠봐요 우리의 입놀림이 진솔할 수 없음은 당신의 주머니 속 살 오른 채찍 때문이죠 물은 콘크리트처럼 단단해요 거미줄에 지느러미를 벗어두고 한가한 햇살을 보고 싶어요 가린 손을 치워줘요 등 뒤에 빛들이 꽂히고 있잖아요 나의 발은 허물어지고 있어요 발가락이 날개로 변하고 있어요 놀라지 말아요 어차피 우린 한 통속이잖아요 우리가 처음 만났을 때 당신은 나의 옷을 감췄어요 손만 감춘 것이 아니었죠 당신이 주는 품삯은 욕값이랬죠 당신은 너무 미끄러워요 나의 슬라이딩에 당신은 환호하지만 당신이 넘어지면 좋겠어요 당신과 물속에서 처음 만났을 때 당신은 눈도 뜨지 못했어요 그러나 당신의 눈은 맑았어요 박수 소리가 커질 때마다 충혈되었죠 백내장이 의심스러워요 당신의 눈을 주머니에 넣어두세요 당신도 주머니 속에서 쉬는 게 어떨까요 화

장을 지울거예요 무대화장은 매우 가벼워요 이제 당신의 손에 감
춰진 걸 내놓아요

베르테르

1.

여자가 가슴을 찔렀다 발랄한 시신 옆에는 구름이 흥건했고 하늘
커튼은 낮을 가리고 있었다 그녀는 보이지 않는 손에 의해 노래를
부르다 벽에 걸린 먼지의 날카로움을 발견했다, 순간, 먼지속의 비
수를 품에 안았다 경찰은 그녀와 먼지와의 관계를 파악하는 것이
이번 사건의 열쇠라고 했다 자물통이 된 그녀의 어느 구석에도 구
멍은 없었다

2.

같은 장소에서 한 남자가 목을 맸다 그날도 비가 내리고 있었다 유
품은 촉이 뭉툭해진 열쇠 하나와 녹슨 구름뿐이었다 검식결과 그
는 한 번도 사랑을 나눠본 적이 없었다 평행의 구름과 비, 먼지의
상관관계를 밝히는 것이 이 사건의 핵심이라는 결론에 도달했다

3.

4월이 끝나기까지 사건은 해결되지 않았고 미궁 속에 존재했다 경찰은 성급히, 이제까지의 의문은 서로 아무런 연관이 없다는 수사 결과를 발표했다 구름과 먼지가 유력한 용의자란 것 늘 행방이 묘연하단 것은 감춰졌다 모텔 주인은 빛이 들어오지 않는 모든 방들을 폐쇄했다

곳간

옷걸이에 닭을 걸어 둔다
목이 자유롭다
옷고름을 풀어헤친 채 세간을 어지럽혀도
옷걸이는 무관심하다

암탉은 16개월 동안 무심한 알을 낳았다 총애 받는 생식기를 가진
일부는 몸속의 피를 토해낸 새 자궁으로 다시 절반의 새를 낳았다

애정 없는 집착의 호르몬이
배란을 촉진할 때마다
발가락이 간지러웠다

폴 베리 박사는 스트레스 없이 분당 150마리의 닭을 살처분 했고
이들은 발굴되지 않았다 양계장에는 사은품으로 털 뽑아주는 기계

가 제공됐다

제모를 귀찮아하던 암탉들의
날갯짓이 가벼워졌고
더 많은 닭들이
옷걸이에
걸려들었다

당신은 너무 가볍군요

파블로 피카소는 눈에 보이지 않는 것을 그렸다. 그는 사진속의 여인을 보고 '당신의 부인은 끔찍하게 작군요. 게다가 납작하기까지 하군요' 라고 말했다.

그가 나에게 말한다. "당신은 너무 가볍고, 눈에 보이는 것만 보고 쓰는 참 답답한 사람이군요."

나의 눈은 정상이다. 섣불리 찾아온 노안老眼으로 인해 가까이에 있는 사물들이 희미하게 보이지만 사팔뜨기나 장님이 아니니 정상이다. 그러나 나의 눈은 비정상이다. 정상이어서 비정상인 것, 비정상이 되고 싶다. 비정상이 되지 못해 안달이고 안달이어야 한다. 사팔뜨기나 장님이 되고 싶다. 그래서 더 간절해지고 싶다. 참 답답한 사람이기에.

나를 유혹하지 말아 달라. 나에게 '왜 어렵냐'고 말하지 말아 달라.

우리는 너무 가볍고 가벼워졌다. 보이는 것을 그대로 그리는 것은 가장 가볍고 숨 막히는 일상이다. 그림이나 음악을 보고 들을 때는 무위로 인식하고 향유 하면서도 유독 활자는 또렷하게 해석하고 분석하고자 하는 당신은 무엇인가. 밑줄을 그어가며 이해해야 속이 시원하다는 당신은 무엇인가. 나는 당신이고 싶지 않다.

그러나, 나는 당신이다. 당신의 범주에서 벗어나지 못하고 있다. 세상의 지배에 억눌린 물개와 다름 아니다. 늘 자살을 꿈꾼다. 닭의 안락사처럼. 죽을 때는 손톱을 깨끗하게 깎고 싶다. 나의 사체의 손톱이 깨끗하지 못하다면 그것은 타살이다. 남겨진 나에게는 그런 의혹들만 난무할 것이다.

애플 스토어 5

이 원

우리는 모두 지구에 초대된 사람들입니다

눈동자를 깜빡일 때마다 허공이 물렁해진다고 믿으며

머리카락이 희어지고 있습니다

그러나 그토록 열망하던 것들이 사라지고 있습니다

눈물을 흘릴 수 있다는 사실을 잊어버렸습니다

전염병이 다시 돌고 있습니다

손이 하는 일을 손은 모르게 되었습니다

퀵크 이상한 발음을 하게 되었습니다

튁크 더 이상한 발음을 만들어내고 있습니다

지하철의 안전은 두 겹으로 강화되었습니다

갇히면 나갈 수 없습니다

구름들이 서쪽으로 밀려가고 아파트들이 강가로 밀려가고

우리는 불빛에 정신이 팔려 있습니다

잠이 든 인간들과 잠이 들지 못한 인간들이

같은 밤과 아침을 넘고 있습니다

세 개의 돌이 화단에서 몸을 붙이고 있습니다

우리는 지하철 의자에 나란히 앉는 것을 겨우 배웠습니다

우리는 모두 사랑이라는 노동을 위해 태어났습니까

모든 문이 일제히 열렸습니다

들이닥친 것을 못 알아볼 수 있습니까

상자를 다시 들끓게 하고 싶지는 않은 것입니까

우리는 얼굴을 뒤집고 있습니다

* 1992년 《세계의 문학》으로 등단. 시집 《그들이 지구를 지배했을 때》《야후!의 강물에 천 개의 달이 뜬다》《세상에서 가장 가벼운 오토바이》《불가능한 종이의 역사》. 현대 시학 작품상, 현대시 작품상 수상.

· 윤향미 ·

마지막 퇴근길
배우자 구함
벽시계
애완견 보리
출입금지

시작 노트: 정수리에서 살아 난 소리

* 1994년 〈문화일보〉 신춘문예 등단. 시집 《눈 먼 사랑의 이름》이 있음.

마지막 퇴근길

상처입은 길들을 돌돌 말아서
등짝에 붙이고 집을 오른다
천근만근 넘는 두 다리도 이런 날엔
허리춤에 얹어서 느린 퇴근을 한다
달팽이처럼 바닥에 코를 박고
한벽씩 두리번거리는 것을 잊지 않는다

예나 지금이나 저녁의 시간은 여전히 무거워
집에 가까울수록 그림자보다 길게 늘어져서
등짝에 겨우 매달려있는 몸통을 본다
두리번거리는 것 잊지 않았다

다행인 것은 여기까지 서로를 모시고 온
집채만한 등껍질이 있다는 것

몸을 굽혀 가슴을 숨기는 시늉을 해 보지만
유연성이라곤 태어날때부터 없다고 여긴다

심호흡을 한 번 하고 이번에는
내가 왕년에를 침을 발라가며 연습한다
내가 왕년에 내가 왕년에

왕년에는 멀었던 집이 보이기 시작하고
왕년의 내가 두리번거리며 헛기침을 삼킨다
왕년의 길들이 굳은살 옹이가 되어
왕년의 집앞까지 늦도록 바래주고 간다

왕년의 나만 남았다

배우자 구함

남자는 노점을 차리고, 늦었지만
자신을 팔아보기로 했다
55세 사업 술과 담배 무 자녀 무
우선 이렇게만 적어 옷걸이에 걸었다
처음으로 지나가는 여자에게
무엇부터 사 갈지 물었다, 그냥 가버렸다

지우개로 나이를 10살 지웠다
그 다음 여자는 얼굴은 한 번 쳐다봐주었다

오후가 되자 남자의 마음처럼 비까지 내린다
펄럭이던 사업이 비에 젖는 바람에
다시 적으며 교육자라고 고쳤다
건물임대수입도 있다고 추가로 적었다

부모님은 이 세상에 없다고
결정적인 옵션을 제시했다

비를 피하던 시장 모서리에 하나씩 붙이고
어스름 담벼락과 함께 여자를 기다렸다

신발 밑창만 겨우 걸친 여자가
밑창 없는 신발을 사러 온 듯

저기요, 한다

벽시계

벽시계를 떼어놓은 지 일주일이나 흘렀다
건전지를 갈았어도 침묵이다
설마 최근의 내 마음을 알기나 한 듯
마치 꿀먹은 낯빛이 되어 숨을 거두었다
뚜둑뚜둑 초침소리가 귀에 거슬려
전자시계로 바꾸어야겠다고 생각만 했는데
아예 먹통이 되고 보니 신령스럽기까지 하다

집안에 하나밖에 없는 벽시계였고
고장 난 것 역시 그것 하나로 전부

몇 십 년을 함께 살아준 시간의 소리가
갑자기 거슬렸다는 것은 아프다는 신호였을터
침묵에 이르러서야 일생을 다 했다는 것을

한동안 구박덩이로 여긴 내가 미안하다, 시계에게

빈 자리는 어둡고 시간마저도 멈춘 듯
빠르다가 느리다가 게으르다가 조급하다
시계의 아류가 여기저기 넘치는 시절에
나름의 자부심과 품위로 벽을 지키고 있었다는 것
벽에서 내려 온 후에야 보여 준다
벽에서 내려 온 후에야 시간을 손꼽아 준다

애완견 보리

늙은 애완견 보리네 엄마는
보리의 늙음을 보살피느라
자신의 신경통쯤은 신경에도 없다
어둡고 비좁은 골목을 찾아드는
보리의 요즘 버릇이 걱정되어
집안의 구석이란 구석은 모두 치웠다
치운다고 다 사라지지 않는 구석을
보리는 잘도 찾아내고 보리엄마는 또 치운다

사람과 사람 아닌의 인연으로 만나
한쪽의 지천명을 거들어주는 일
서로 다른 이름으로 와서
서로 같은 이름처럼 산다는 것은
넘나들 수 없는 경계가 있다는 것

그 경계가 생과 생의 간격이어서
먼저 휘어진 보리의 뒷모습을 끌어당길 수가 없다
잠을 설치고 외출을 삼가고 늙음을 읽어주는 일
보리네의 평화가 마치 경건한 의식 같다

보리가 밤새 발굴해놓은 동그란 구석들
미처 따라잡지 못할 속도로
깊어지고 있다, 온 집안이 구석이다

출입금지

자주 오르던 산길 입구에
외부인출입금지 팻말이 만국기처럼
밧줄에 매달려 산주인 행세를 한다
검은 눈을 부릅뜨고 촬영 중인 CCTV 앞에서
서로가 서로에게 들킨 꼴이 되어
산은 종아리를 걷었고 우리는 신발을 벗었다

산의 내부인이 아니라는 사실을
처음 알게 된 지금부터 우리는 외부인
그냥 돌아 돌아서 가시라는 말보다
관계정리가 깔끔하기는 한데

묻지도 않은 대답이
저기 표지판에 적혀 거꾸로 박혀있다

산의 봉우리를 정해놓고 물길을 풀어
땅을 가지런히 지은 곳, 아무나 오시오

아무나를 품고 아무나를 키우던
높은 계곡물 한 줄기 내려와
젖은 신발을 다시 신겨주지만
보이는 풍경이 많을수록 뒤꿈치가 더디다

퉁퉁 불은 발과 외면당한 종아리들
산이고 강이고 마을이고 이웃이고
금지를 금지하라며 툭하면 마주보기를 하고 있다

정수리에서 살아 난 소리

컴퓨터를 열어 새글을 만나는데
때마침 아래 윗집 어디선가
나의 살던 고향은, 동구밖 과수원길이 피아노를 싣고
수도관을 지나 천장을 통해 입장을 한다
친절하게도 시의적절한 힌트의 강림이다
정수리부터 살아난 소리가 손가락 끝으로 흘러나와

고향집 동구밖과 그 옆 과수원길까지
기억의 화면에 완벽하게 그려주었다
그림 속 과수원길은 여름 뿐이어서 뜨겁고 붉다
불러도 대답이 없는 것을 보니
아는 사람은 외출 중인 모양이다

—연락도 없이 오니 아무도 없잖아

하시던 예전 시선생님의 가르침이 떠올라
얼른 화면에 번개시장도 그리고
아는 얼굴이 있던 사잇길까지 촘촘히 덧붙였다
새글은 덕지덕지 변명일색이었지만

그래도 다시 들리는 피아노 소리
나의 살던 고향은, 동구밖 과수원길
저 소리의 손가락도 나와 같을까
나처럼 빈 고향의 동구밖에서 홀로 맴돌고 있을까

─이제는 너를 아는 사람이 어디에도 없잖아

피아노 소리가 멈추고, 한동안 화면이 하얗다

시인의 재산

최서림

까치집만한 아파트에 사는 나는
아무도 소유하려 들지 않는 가을 하늘을
통째로 가졌다.
하늘 가장 높이 떠서
사람들을 내려다보는 맑은 새털구름을
나 홀로 다 가졌고,
다들 쓸어 내버리기 바쁜 노란 은행잎을
대바구니에 한가득 담아 안방에다 쟁여 두었다.
오후면 그늘이 지는 베란다 앞에
누구나 올려다보고 가는
대봉감나무와 살구나무를 가졌고,
감나무 이파리에 반짝이는 아침햇살을
거저 받았다.
매일 공짜로 산책할 수 있는

불암산 둘레길이 집 앞에 있고,

유치원생같이 해살거리는 감국(甘菊)이랑

시린 계곡물에서 욜랑거리는 버들치랑

말을 섞을 수 있는 친구로 지낸다.

시집 쌓아 둘 구석조차 없지만

레슬링하면서 같이 뒹굴 수 있는

초등학생 아이도 있다.

가문비나무 나이테처럼

내 안에 차곡차곡 쌓여가는 나이는

나의 고유 재산이다.

아무도 빼앗아 가지 않고

빼앗아 올 필요도 없는 것들은

다 내 것이다.

* 1993년 《현대시》로 등단. 시집으로 《이서국으로 들어가다》《구멍》《물금》《버들치》등이
있음. 현재 서울과기대 문창과 교수

• 이원복 •

나의 악몽은 서정적이다
산부인과 닥터 M
골판지 상자 속 동네 2
새가 날았다
아프리카 여인들

시작 노트: 우물가의 여인들

* 2014년 〈경상일보〉 신춘문예 등단

나의 악몽은 서정적이다

하늘을 향해 입을 벌린 금붕어를 닮은
항아리를 만들고 그 속에 들어가 잠을 잔다
성대를 다친 소녀들, 더 이상 노래하지 못하는 금붕어들
잠을 잔다
항아리의 주둥이를 배회하는 16분 음표의 음색은
표현할수록 거친 것이어서 누구라도 성대를 다치게 된다
냉정해지자, 탁할수록 냉정해지는 게 필요하다
모두들 잠을 자는 시간, 바람의 음역대는 위험하다
저녁을 지배하는 고요의 폭력성이 고음역대 바람의 성대를 찢고
항아리의 주둥이 부위부터 깨고 있다
물 위를 부유하는 기름의 무지갯빛 닮은 금붕어의 지느러미가
스멀스멀 헤엄치는 항아리 속
성대를 다친 소녀들 입을 벌린 항아리처럼 앉아있다
시간이 필요하다

누구나 시간의 어깨에 기대어 울고 싶어 한다

소녀들이 잃어버린 것은 목소리가 아니라 저항할 수 없는 시간의

암보暗譜다

소녀들의 등에 지느러미가 생길 때까지 시간이 필요하다

항아리 속에서 소녀들이 다친 성대를 회복하고 다시 항아리 밖

거친 바람의 음표를 따를 수 있을 때 까지

누군가 깨져 허물어지는 항아리를 부둥켜안고 울고 있다 거기

거대한 항아리 모습의 외로움 하나 앉아 있다

산부인과 닥터 M

아내의 봐서는 안 될 곳을 나와 공유한 닥터 M

그의 뿔테안경너머 흘기죽거리는 교묘한 눈빛이 나를 흥분시킨다

그를 만날 때마다 나는 목줄 묶인 굶주린 늑대의 울음소리를 낸다

내가 방사放赦되면 가장 첫 번째 먹잇감인 닥터 M

그가 새로 마련한 연미복의 왼쪽가슴 주머니에는 수술용 가위가
들어있다

저녁마다 연회를 마치면 그는 새로 등록한 종이접기강좌를 들으러
간다

그는 거기서 익숙한 가위질로 하룻밤에 수십 개의 꽃모양과 나뭇
잎과 또 아기를 오려낸다

그는 당황하는 기색도 없이 천천히 가윗날에 묻은 피를 닦아낸다

그의 분홍꽃무늬 가운 오른쪽 가슴주머니에는 추파춥스 사탕이 꽂
혀있고

그의 분홍꽃무늬 가운 왼쪽 가슴주머니에는 수술용 가위가 들어있다

그는 가위로 하루를 시작하고 가위로 하루를 마감한다

그의 하루는 침대 위에서 다리가 M자인 자세로 시작해 M자인 자세로 누워 마무리된다

그는 추파춥스 사탕을 입에 물고 낮에도 익숙한 가위질로 수십 개의 꽃모양과 나뭇잎과 또 아기를 오려낸다

마치 밤에 배운 종이접기를 복습이라도 하듯이

그의 가위질에 난도질당한 아기들이 하수관으로 흘러들어간다

아기들의 미처 소리 내지 못한 울음소리가 손가락을 빤다

콘크리트 바닥아래 배수관으로 아기들의 각 신체 마디마디의 울음소리가 쌓여간다

언제부턴가 그가 운영하는 산부인과 병원의 화장실 변기에 물이 내려가지 않는다

닥터 M은 고객들을 위해 곧 배관공을 불러 수리를 의뢰할 것이지만 결코 고칠 수 없을 것이다

골판지 상자 속 동네 2

젖을 빠는 아이들의 발이 구름모양이 되었다
어미들의 임무는 여기까지였다
아이들은 곧 일어나 걸었고 한 발 한 발 내딛을 때마다
아이들의 삼등신 육체가 땅위를 떠다녔다
아이들의 걷는 모습은 불특정의 구름모양을 닮아있었다
황사바람이 불어 닥치자 아이들의 발은 점점 기형이 되어갔다
아이들의 심장 속에서도 거센 모래바람이 일었다
그러자 그들은 한 번 쓰러지더니 일어서질 못했다
어미들의 젖은 말라갔고 어미들의 허리가 휘청거렸다
어미들의 젖이 말라야 죽음에 면역력을 더욱 높일 수 있으므로
어미들은 침묵할 수 있었다
젖내를 맡던 개들의 울음소리가 동네를 뒤덮는 저녁
아이들의 울음소리가 하나 둘 사라져갔다
집으로 돌아온 아이들은 아비들이 키운 화분에 꽂힌 채 시들어갔다

가끔 방문을 여는 아비들은 화분에 토악질할 뿐이었다
그러면 아비들은 개가 되어 그 동네를 떠돌아다녔다
아비들의 분비물에서 역한 젖내가 났다
어미들은 침묵할 뿐이었다
어미들의 임무는 아이들을 화분에서 뽑아내는 것으로 변질됐다
집집마다 아이들의 두 발은 힘없이 잘려 나갔다
어미들의 울음소리가 동네를 뒤덮는 저녁이었다

새가 날았다

새가 날았다

새의 몸이 땅에서 분리되어 하늘로 옮겨가는 순간이다

새의 부리를 기다렸던 땅의 꽃술들은 말라간다

새가 관통한 낮은 구름도 순간 습기를 빼앗겼다

오랜 가뭄이 찾아올 것이다

붉은 셔츠의 정원사는 고개를 흔들었다

새가 다시 내려앉을 곳이 이 땅인지

자신의 어깨 위인지 확신하지 못했다

새의 이름은 묻지 않기로 한다

지나간 시간에 창살을 드리우지 않는 법이니까

정원사의 가윗날이 점점 무디어졌다

정원사의 어깨위로 비단 구렁이가 기어간다

정원사는 앞으로 땅에 기는 모든 것을 경멸할 것이다

지난 많은 시간들에게 나의 식성과 욕망이 사육되었고

침을 흘리며 쉽게 천박한 웃음을 지었다
새를 동경하는 사람들은 천박하게 웃지 않는다
그것이 그들의 철칙이다
그러나 모두 몸 밖의 경계를 벗어나기를 두려워한다
그것이 천박함이라 말하지 않는 것 역시
그들의 철칙이다
새가 날았을 때 그들은 예감한 것이다
경박스러운 그들의 몸이 언젠가는 둘로 나뉜다는 것을
그리고 곧 굳은 심장이 철저히 물과 피로 나뉜다는 것을
땅을 기고 있는 내 쓸쓸한 육체가
오늘 유난히 불쌍하다

아프리카 여인들

한 여인을 위해
우물을 파네

우물을 깊이 팔수록
여인의 몸 안에서
말라버린 우물의 흔적은 더욱 깊어지네
앙상한 나뭇가지처럼
두 팔을 흔들며 쓰러지는
여인의 슬픈 흔적이
모래 폭풍 속으로 증발되는 오후

물 길으러 먼 길 나서는 여인은
야생에 내팽개쳐진 가족들의 갈증
야생의 맹수보다 더 가혹한 남정네의 갈증이

짐승의 체위로 여인의 몸을 덮쳐
여인의 하나 밖에 없는 우물을 파내버리고
갈라진 바닥을 드러낸 채
뜨거운 모래 위를 나뒹구는
여인의 텅 빈 물동이
겁에 질린 여인들의 텅 빈 동공들의 무덤
모래 언덕 위에 높게 쌓이네

한 여인을 위해
우물을 파네
우물 옆에서 여인이
몸 안의 바닥난 우물을 채울 때
우물 속으로
여인의 울음이,
여인의 우울이,
여인의 우물거림이,
사라지네

시작 노트

우물가의 여인들

1만여 명 마을에 우물 하나, 영아 10명중 1명 1년 내 사망, 오염된 식수로 인해 20초마다 한 생명이 죽어가는 곳. 아프리카.

메마른 땅과 기후로 물이 부족하여 아프리카 여러 부족민들은 짐승들과 같이 오염된 물을 마시며 각종 질병과 죽음의 위기에 내몰리며 갈증을 이기려 안간힘 쓰고 있다. 현재 이들을 돕기 위해 여러 ngo단체들이 아프리카에서 우물파기 캠페인을 벌이고 있다. 좀 더 깨끗한 물을 공급하는 것이 이들에겐 어떤 귀한 양식보다도 더 절실한 상황이자 축복인 것이다.

아프리카 부족사회에서는 남자들은 먹을 것을 구하는 사냥을 주로 하고 수 십 킬로미터 떨어진 곳으로 가서 물을 길어오는 일은 온전히 부족 여인들의 몫이다. 아프리카 여인들은 때로 왕복 한나절이 걸리는 먼 길을 걸어 한 동이의 물을 길어 나르는데 야생의 아프리카 대지를 걸어 다녀오는 동안 아프리카 여인들은 각종 위험에 노출되기 마련이다. 그런데 정작 여인들에게 가장 위협이 되는 존재는 거친 야생의 맹수들보다 도중에 만나게 되는 낯선 남정네들이라고 한다. 아프리카 여인들은 물을 길어오는 동안 인근 부족 남정네들에게 잡혀 겁탈을 당하며 모진 수모를 겪는 일이 지금도 비일비재하다고 한다.

이 아프리카 땅에 우물 하나 파는 것은 어쩌면 단순히 깨끗한 물을 공급하여 신음하는 생명을 지키는 차원을 넘어 그 땅에서 수치스럽게 쓰러져가는 아프리카 부족 여인들의 여성성을 지켜줄 수 있는 더 고귀하고 가치 있는 일이기도 하다는 생각을 해본다.

• 정창준 •

붉고 슬픈 홈런
캥거루의 밤
입춘
1974년생
소문의 사회학

시작 노트: 어떤 길, 혹은 곳

＊2011년 〈경향신문〉 신춘문예에 등단.

붉고 슬픈 홈런

다른 모든 가정은 접어 두고,

사랑이 없어도 사람은 태어나고 자랄 수 있다고, 나는 믿어. 태어나는 순간의 기억이 없다는 건, 다행일까 불행일까. 늘상 몸 어딘가에 남아 있던 엄마의 손자국으로 아버지의 얼굴을 떠올려. 아버지도 그래서 떠나기 전 엄마의 몸에 상처를 남겼을까. 사람들의 눈빛은 두 가지야. 동정과 악의. 그래서 나는 의심과 미움을 먼저 배웠지. 누구나 처음엔 곤충으로 시작한대. 곤충에게 고통이 없다는 건 다행일까 불행일까. 고양이의 울음이 아기의 울음소리와 비슷하다는 건 확실히 마음에 들어. 고양이의 머리는 야구공 보다는 덜 단단해. 그것이 고양이의 불행. 머리는 절대 때리지 마세요. 못된 생각이 자꾸만 틈 속에서 삐져 나오는 것 같아요. 말이 없다고 생각이 없는 건 아니죠. 오히려 단단하게 반죽되어 있던 분노가 재빨리 몸 속에서 부풀어 올라요. 숫자는 즐거워. 하나. 둘. 셋. 넷.

다섯. 그리고 여섯. 여섯 등분이 가장 적당해. 김치냉장고는 여러 모로 유용하지. 용량은 클수록 좋아. 쓰레기봉투에 담아서 얼려 두었다가 곱게 믹서기로 갈아서 가장 그늘진 화단에 나눠 묻을 거야. 엄마가 사랑했던 핏기 없는 자작나무를 그 위에 심어야지. 혹시 붉은 잎이 자란다면 치뜬 눈을 영영 잊지 못하겠지만. 사춘기란 울음이 분노로 레벨-업이 되는 시기라고 생각해. 그래도 키가 더 컸으면 좋겠어. 악력은 악수를 할 때만 과시하는 것이 아니야. 손이 크다면 목을 조르기에 더 없이 좋지. 야구는 훌륭한 스포츠야. 배트를 집 안에 두어도 아무도 의심하지 않지. 어머니, 메뚜기의 뒷다리, 날개가 뜯겨진 잠자리, 잘린 고양이의 머리, 나의 마지막 홈런볼, 나를 키우는 대신 내 안의 미움을 우량아로 키운,

내가 사랑할 수 없는 나의 어머니.

캥거루의 밤

이 주머니를 키운 것은 당신이다.
당신의 자궁과 불과 한 뼘 떨어진 이 곳
세상에서 유일한, 따스하고 붉은 어둠이 자리하고 있는
처음부터 내게 맞게 재단된 유일한 곳.

잠들지 않아도 침묵해야 한다. 주말 드라마 여주인공의 목소리
가 점점 흐느낌 쪽으로 다가서는 순간, 어머니는 볼륨을 높인다.
그녀는 채권자일까 채무자일까. 이 곳에 벽이 함께 거주한다는 건
여러모로 다행이다. 벽 너머의 한숨을 모른 척 할 수 있으므로. 내
방, 당신이 이루어놓은 주머니.

그러나 내가 원하는 건 좀 더 완강한 벽이다. 목소리도 음식냄새
도 음악소리도 침투하지 못하는. 더 먼 곳으로 떠날 날을 꿈꾸던 시
절도 이젠 지났다. 그런 건, 날개가 자라난 새들, 혹은 먼 바다로 떠나

야 하는 연어들이나 가능한 일이다. 그들에겐 애초 몸담을 주머니가 없었으므로. 그러나 주머니와 몸의 아슬한 간격,이 나는 요즘 신경 쓰인다. 낡은 뼈의 삐걱거림도, 점점 좁아져 숨이 가쁜 이 공간도.

너는 젊고 건강하지만 세상은 여전히 네게는 무섭고 컴컴해, 비록 내가 네 나이 때 너를 낳았지만. 아들아, 밤마다 너의 이마를 짚고 눈을 마주한 채 사랑한다고 말해줄까. 무서운 마녀에 대한 이야기가 담긴 동화책으로 너의 용기를 시험해 볼까. 그러면 네가 기쁘게 이별할 수 있을까. 컴퓨터 게임 속에서 잠깐만 나와 옛날의 잇몸 없던 웃음을 보여주겠니. 어려서부터 너는 겁이 많은 아이였지. 네 탓은 아냐. 네 체온이 빠져나간 텅 빈 주머니로 산다는 것은 내게도 역시 두려워. 그러나 내가 너무 일찍 네게 두려움을 알려준 걸까.

이 주머니 속은 혼자도 너무 많은 것 같아*. 더 높은 곳도 깊은 곳도 내겐 필요가 없지. 더 이상 자랄 필요도 없어. 수음이 아닌 성교도 이 주머니 안에서 할 수는 없을까. 어머니, 이 곳에 나의 무덤도 만들어 주세요. 차곡차곡 붉은 벽돌을 포개고 시멘트를 발라 벽을 쌓아주세요. 세상의 냉소와 독촉이 이 안으로 침투하지 못하도록, 단단한 봉분을 만들어 주세요. 나의 요람이자 무덤, 당신.

* 백석, 〈남신의주유동박시봉방〉에서.

입춘

햇빛은 더없이 맑고 밝았으나 바람은 찼다. 나는 무릎이 으스러져 병원에 누워 있었다. 일어날 수 없는 며칠 동안, 연필처럼 비스듬히 누워 마음으로 쓰고 머리로 지우는 일만 반복했다. 가장 취한 채 헤어졌다가 만난 가을, 고개를 숙이고 20년을 자분자분 쏟아놓던, 오래 전 사랑했던 여자는, 어제 어린 딸과 함께 기형도를 읽었다고 했다. 어린 딸은 마지막 구절이 슬프다고 했다 한다. 기형도를 읽는 대신 어미를 읽지 못한 마음, 혹은 기형도를 통해 어미의 생을 함께 더듬더듬 읽는 시간을 그려보다가 조심조심 지웠다. 석고 붕대 아래 찢어진 인대가 잡아주지 못한 무릎뼈는 스물의 여자처럼 저 홀로 미세한 뒤척임에도 울컥거렸다. 새들의 날개가 부러지는, 눌러 쓴 연필심이 부러지는 것 같은, 먼 피부의 안쪽을 거슬러 올라오는 소리에 밤새 귀를 기울였다.

누군가 옆에서 책을 읽어 주다가 가만히 말없이 머리를 쓰다듬
어 준다면, 입춘은 겨울에 대한 그리움이 가장 큰 시간이어야 한다
고 확신하며 고분고분 잠들고 싶었다.

1974년생
- 울산, 신정동

   행길은 좁았고 낮은 담이 길게- 서로의 채무 관계처럼 듬성듬성 이가 빠진 채 이어져 있었어. 옆집의 속사정을 부족한 반찬 대신 차려내던 동네, 걸어서 10분 걸리는 도로 건너 기린나이트가 생기고 한 집 걸러 한 집씩 엄마들이 밤이면 증발해 기린나이트로 스며들었지.

   아버지가 야근 들어간 날이면 무슨 신호처럼 집집마다 라면 끓이는 냄새가 퍼지고 그런 날이면 낯선 화장을 하고 나서던 엄마들이 골목에서 만들어 내던, 하이힐 굽만큼이나 저절로 높아지던 들뜬, 하이톤의 웃음이 서서히 도로 쪽을 향해 사라지던 밤, 라면 속에 쥐약을 풀어 아이들을 죽이고 춤바람 난 제비족과 줄행랑을 놓았다는 무서운 엄마에 대한 소문을 형제와 소근거리다 이불을 둘둘 말고 자꾸만 불편해 오는 배를 쓸어내리며 불안한 잠 속으로 파고 들었지.

어느 겨울 날, 곰보 자국이 얼굴에 가득하던 사진관집 소보로 아줌마가 영영 보이지 않게 된 후, 엄마들은 부쩍 자주 모여 곗돈이나 통장이나 사내 따위의 말들을 입에 올리며 비밀스러운 눈빛을 교환했지만, 동네에서 제일 얌전하던 슈퍼아줌마 조차 사라지고 난 후에는 일제히 입을 다물었지. 피리 부는 사나이가 다녀 간 듯 동네의 아줌마들이 하나 둘 사라져가고 이웃에 밥을 얻어먹으러 다니던 아이들이 늘어가고, 어쩌다 이른 새벽이면 탈탈 거리는 용달차소리로 인사를 대신한 채 친구들도 그들의 엄마처럼 소문만 남기고 사라지곤 했지.

춤바람 나 가출했던 이웃의 아줌마들이 하나 둘 돌아오던 그 겨울밤, 으으으 길게 이어지는 울음 끝에 왜! 왜! 하며 들러붙던 아비들의 악다구니와 아이들의 울음 같은 처절한 용서를 나는 아직도 보지 못했어.

소문의 사회학

확실히 예전에 비해 소문의 운송시스템은 훨씬 간편해졌다. 휴대기기의 발달과 와이파이는 소문의 확대재생산에 결정적 기여를 했다. 소문을 전문적으로 배달하던 자들은 일거리가 줄었으나 늘 그렇듯 수많은 웹사이트들이 그 역할을 대신했고 바야흐로 소문의 유비쿼터스 시대가 열렸다.

한때, 소문은 열대우림처럼 무성하고 다채로웠다. 습도가 높을수록 소문이 잘 자란다는 분석은 사실이었다. 지난 몇 년간 연달아 발생했던 울어야 할 일들은 소문을 더욱 무성하게 키웠다. 의심의 자리에서 발아한 소문은 명아주만큼이나 그 뿌리가 깊었고 담쟁이만큼 순식간에 덩굴을 뻗었다. 소문은 마치 씨앗 없이 꽃피는 식물 같아서 지하철에서도, 백화점에서도, 더러는 광장에서도 짙은 노란색의 빛깔을 드러내며 만개했다.

소문에 대한 해명의 필요성에 대해서는 의견이 분분하였으나 해명 대신 그들은 불온한 소문의 서식지마다 또 다른 소문을 그라목손처럼 살포했다. 당국의 소문에 대한 검열을 강화되었고 윗선의 전화를 받았다는 소문의 도매상들은 서둘러 가게를 접었다. 청소년 보호법에 의거해 소문에도 등급을 매겨야 한다는 목소리가 점점 자주 보도되었고 소문의 죄질과 형량에 대한 논의는 빠르게 진행되었다.

당국은 불편하던 한 소문의 근원지를 전국적으로 수배했고 왜소한 사내가 체포되었다. 소문의 치부는 진실이 아니라 근원지라는 당국의 판단은 정확했다. 그의 학력과 출신이 까발려졌고 소문의 신빙성은 낮아졌다. 그러나 어차피 소문에게 신빙성 따위는 어울리지 않는 것이었다. 곧이어 진실을 알리는 당국의 발표가 있었지만 이상하게도 소문보다 더 믿을 수 없었다.

소문의 유해성을 입증할 수 없다는 법원의 판결이 뒤늦게나마 있었지만 모든 불편한 소문은 불온한 불법 다운로드로 간주되었다. 소문을 전문적으로 생산하는 정부기관에 대한 소문은 사실이었다. 소문의 편이 갈리고 반공영화처럼 제작된 소문을 전문적으로 유통시키는 아르바이트생들까지 생겨났지만 진짜 소문은 그래서 더욱 성업중이다.

* 그라목손. 맹독성 제초제.

어떤 길, 혹은 곳

독자도 환호도 없는 곳으로 가라.

- 故 오규원

가끔,

축복 받은 밤이 내게 방문한다. 언어가 공중에 떠다니는 꿈을
꾸는 밤이다. 시작 메모를 정리하다가 잠이 드는 어떤 순간, 꿈과
현실의 경계에서 나는 언어를 채집한다. 행복한 루시드 드림의 순
간이다. 그러다 아침이 되면 나는 꿈에서 빠져 나오기 무섭게 시간
을 더듬어 보지만 내가 밤새 채집했던 언어들은 몇 개의 물컹한 감
각만 남긴 채 열 개의 손가락 사이를 서둘러 빠져나간다.

오랫동안,

나는 읽혀지고 싶었다. 추운 겨울날 연인의 겨드랑이 아래에 손
을 밀어넣고 눈을 맞춘 채 구애하는 사내의 말처럼, 나는 절실하게
읽혀지고 싶었다. 누군가 호기심이 오븐 속의 페스츄리 마냥 마구
부풀어오는 저녁, 할 일이라고는 눈꼽 만큼도 없는 어떤 한가한 시
간에 불을 낮춘 채 내 글을 팽팽하게 정독하기를, 그래서 어느 순

간 세계와 관계에 관한 나의 언어들에 고개를 끄덕거려 주기를 나는 갈구했다. 나는 알 수 없는 그들을 매혹하고 싶었던 것이다.

그러나,

작가에서 독자로 페르소나를 바꾸는 순간, 확인하게 된다. 사실은 내 글의 당신을 매혹할 만큼 우아하거나 화려하지 않음을. 사실 침침한 표지를 달고 있는 오역투성이의 번역본이거나 당대를 떠도는 사유의 조잡한 이미테이션에 지나지 않음을. 그리고 나는 몰염치한 희망을 갖는다. 그들이 제발 오역해 주기를, 그리하여 언어에 채 스미지 못한 근사한 의미를 행간에 만들어 붙여주기를. 그러나 글 한 편 읽기를 포기하는 것, 읽고도 잊어 버리는 일만큼 수월한 일은 없다는 것 역시 나는, 알고 있다.

그리고 한 동안,

나는 다른 시인들의 사유를, 표현을 엿보고 다녔다. 가끔은 진심어린 질투를 하기도 했던 것 같다. 한동안 감염 되는 것이 두려워서 버렸던 책들을 일부러 찾아가며 다시 읽었다. 흠결, 혹은 빛나는 부분을 찾아내기 위해서. 그리고 나는 알게 되었다. 왜 이 땅의 수많은 시인들이 기꺼이 시집의 가장 열렬한 독자이자 가장 비판적인 독자가 되는지를. 애써 닮고 싶은 것을 밀쳐내며 그들은 매혹 당한다. 그러나 그것은 작가로서 매우 고통스럽다.

이제,

나는 아무도 없는 곳으로 가려 한다. 그 곳에는 독자도 대중도 환호도 비판도 없을 것이다. 대신 단 하나의 독자만이 있을 것을 확신한다. 자작나무가 소나무의 푸름을 배우지 않듯, 잠자리가 나비의 날개짓을 흉내내지 않듯, 우물이 강물을 흐름을 욕망하지 않듯, 나는 배우려 하지 않고 닮으려 하지 않을 것이다. 잘못 든 길이 지도를 만든다*는 말을 나는, 지금 이 순간, 진심으로 믿는다.

* 강연호의 시 〈비단길 2〉에서